ジュディ・モードとなかまたち★7

ジュディ★モード、世界《せかい》をまわる！

メーガン・マクドナルド 作
ピーター・レイノルズ 絵
宮坂宏美 訳

小峰書店

JUDY MOODY AROUND THE WORLD IN 8 1/2 DAYS
by Megan McDonald
Illustrated by Peter H. Reynolds

Published by arrangement with Walker Books Limited, London SE11 5HJ
through Japan UNI Agency, Inc., Tokyo

ガールスカウト997隊のタランテラ・ダンサーたちへ　M.M.

世界各地で生まれたぼくの兄弟姉妹――
アンドルー、ジェーン、ポール、ルネイへ　P.H.R.

目次《もくじ》

イタリア
パリ
地図
チケット

てくる人たち

フランク

ノリクイ・フランク。

スティンク

オチビーノ・モード。
ジュディのフラテリーノ。

エイミー・モード

ジュディとおんなじガム好《す》きの
小学生記者《きしゃ》。

ロッキー

ダンマリ・ロッキー。

この本

ジュディ

ほんもののメンバー
カードを持《も》っている
モードクラブの会員《かいいん》。

お父さん

ひとりきりのお父さん。

お母さん

たったひとりのお母さん。

ネリー・ブライ

命知《いのちし》らずの記者《きしゃ》。72 日 6 時間
11 分 14 秒《びょう》で世界《せかい》を一周《いっしゅう》。

ジュディ・モードとなかまたち★7

ジュディ★モード、世界《せかい》をまわる！

おんなじモード

その女の子は、クリップボードにはさんだノートを持《も》っていました。制服《せいふく》のような青いチェックのスカートをはいて、腕時計《うでどけい》をふたつもつけていました。おまけに、えんぴつを耳にはさんで、青緑色《あおみどりいろ》のめがねをかけていて、とても目立っています。

女の子は、ジュディたちがお昼を食べているテーブルまでくると、ロッキーとフランクのあいだにドスンとすわりました。

どうやら、記者《きしゃ》モードのようです。ジュディ・モードが、ではなく、この女の子が、です。

いったいぜんたい、このえらそうなめがねっ子、だれなの？

ジュディがあやしんでいると、女の子がいいました。

「小学生記者《きしゃ》のエイミーよ。なにかスクープはない？」

「えっ？　スープ？」とジュディ。

「スープじゃなくて、スクープ。とくだねになりそうなニュースのこと。わたしは記者《きしゃ》なんだから。命知《いのちし》らずの記者《きしゃ》といわれたネリー・ブライみたいなね」

ジュディがびっくりしていると、フランクがききました。

「それって、女の人ではじめて医者《いしゃ》になったエリザベス・ブラックウェルみたいな記者《きしゃ》？」

ジュディは身《み》を乗《の》りだしました。

「チェック！」

エイミーはそういってうなずくと、ノートになにか書いて話をつづけました。

「わたしは三年V《ヴィ》組で、バレンタイン先生のクラスなんだけど、あなたたちにいくつか質問《しつもん》してもいい？　新聞にのせたいから」

「新聞って、きみの？」とフランク。

「そうよ！」

めちゃくちゃえらそうな小学生記者《きしゃ》は、ケチャップのびんをマイクがわりにして、みんなにつきつけました。

「学校の食堂《しょくどう》で好《す》きなメニューは？　ピザ？　フライドチキン？　トースト？」

「トーストは朝に食べるものだよ」

ジュディはもんくをつけました。

「ピザ！」

ロッキーとフランクは、いっせいにこたえました。

「チェック！」

エイミーはそういって、自分のノートにチェックを入れました。

「あたしは、うちから持《も》ってきたものを食べてるよ」

ジュディがいいましたが、エイミーは質問《しつもん》をつづけます。

「食堂《しょくどう》でピザがでるのは、週に何回がいいと思う?」

「三回」とフランク。

「五回!」とロッキー。「毎日がいいよ! チーズたっぷりのやつ!」

「チェック!」エイミーがまたいいました。

いったいなんなの? クリップボードを持《も》って、ノートのリストにチェックを入れながら、ピザのことをきくなんて。それに、ロッキーもフランクも、あたしの親友のくせに、なんでこの子とばっかり話してるわけ?

ジュディはエイミーにつっかかりました。

「毎日ピザをだしてもらうなんて、むりだよ」

「どうして? 食堂《しょくどう》のおばさんたちなら、ママの知り合いよ。それに、ここは自《じ》由《ゆう》の国でしょ」

するとフランクが、ジュディにむかっていいました。

「わあ、きみがいつもいってることだね！」

「いってない！」

「いってるよ！」

ロッキーとフランクが、声をそろえてさけびました。

エイミーは話をつづけます。

「三つ目の質問《しつもん》よ。このバージニア・デア小学校にほしいと思うものは？」

「おかしのガチャガチャ！」とフランク。

「温水《おんすい》プール！」とロッキー。

「スケート場！」とフランク。

「宿題《しゅくだい》をなくしてほしい！」とロッキー。

エイミーは、ふたりがいうそばから、どんどん書いていきました。

「ピザのことなんかをきく記者《きしゃ》に、お昼時間をじゃましないでほしい」

ジュディがいうと、エイミーは手をとめました。「チェック！」というようすもありません。

ジュディは、気まずい間《ま》をうめるかのように、思わずつけたしました。

「そうだ、いいこと思いついた！　ほんとだよ。学校でガムをかんでもいいことにしてほしい！」

「さんせい」とロッキー。

「ぼくも！」とフランク。

「チェック！」とエイミー。

ジュディはまたいいました。

「そしたら、学校でも〈カオガム〉のコレクションができるよね。あたし、つくえの下からくっつけていく。いまは、家のベッドわきのランプにしかくっつけてないけど」

エイミーはまた書きはじめました。

「カオガムって、かみ終わったガムのことだよ」

ジュディがおしえると、エイミーはいいました。

「知ってるわ。わたしもガムを集《あつ》めてるから。カオガムの世界一《せかいいち》のコレクションをみにいったこともあるのよ。あんなにたくさんあるところ、ほかにないわ」

「ほんと?」とジュディ。

「もちろん! ガム通りっていう場所《ばしょ》にあるの。カリフォルニア州《しゅう》のね」

「あたしはボストンにいったことあるよ」

「わたしは夏休みにガム通りをみてきたわ。ビルとビルのあいだにはさまれた通《つう》路《ろ》で、両《りょう》がわのかべがガムだらけなの。かみ終《お》わったガムを、みんながそこにくっつけていくから。ガムでつくった絵なんかもあったわ。わたしも、そこにあったガチャガチャから黒くて丸いガムを五つ買って、かべにくっつけてきちゃった」

「うそだ!」とロッキー。

「ほんとよ！　あのべたべたのガムのかべには、みんなべたべたぼれなんだから」

エイミーはじょうだんをいって、自分で大わらいしました。

「すごい！」フランクがいいました。

「あたし、手づくりガムのセットをとりよせたところなんだ」

ジュディがおしえましたが、それにはだれもこたえません。

「ぼくもガムのかべをみてみたいな！」またフランクがいいました。

「かべの前でとった写真《しゃしん》があるわよ。前回の新聞につかったの。みる？」

エイミーは、クリップボードのうしろから新聞の一ページをとりだしました。

「うわっ、びっくり！　かみ終《お》わったガムだらけだ！」とロッキー。

「わあ、ほんとにいったんだね」とフランク。

「あたしなんて、前に一回、ほんものの新聞にのったことあるよ」とジュディ。

「ひじだけね」

ロッキーがそういってわらうと、フランクもいっしょになってわらいました。

エイミーがいいました。

「いろいろ意見《いけん》をありがとう。さあ、トッド先生と話しにいかなきゃ」

「え？　トッド先生は、あたしたちの先生だよ」

「わかってるわ。そのトッド先生が、とびきりのスクープをおしえてくれるらしいの」

「先生が結婚《けっこん》することなら、みんなもう知ってるよ」とジュディ。

「ジュディは未来《みらい》を予言《よげん》できるしね」とロッキー。

「そうそう、トッド先生が結婚《けっこん》することを予言《よげん》して、ほんとにあたったんだよね！」とフランク。

「すごいじゃない！　それはとびきりのスクープね！」

エイミーが感心《かんしん》すると、ジュディはむねをはりました。

「ねえ、ほんものの記者《きしゃ》も、えんぴつを耳にはさんでるの？」

フランクがききました。

「チェック！」

エイミーはうなずくと、ふたつの腕時計《うでどけい》に目をむけて、持《も》っていたえんぴつを耳にもどしました。

「みんな、またね！」

エイミーがいなくなると、フランクがいいました。

「わあ、あの子、ジュディににてるね！」

「にてないよ！」

「にてるよ！」ロッキーとフランクはいいはりました。

「ふたごかなにかみたい」とフランク。

「にたもの同士《どうし》だ」とロッキー。

「どこが?」とジュディ。

「まず、名字《みょうじ》がおんなじだよ。あの子もモードっていうんだって。いっしょ、いっしょ!」フランクがいいました。

「だから? あの子は、髪《かみ》が長いし、おまけにくしゃくしゃじゃないし、えくぼがあるし、めがねをかけてるじゃない。あたしはめがねをかけてないよ」

「けど、女の人ではじめての記者《きしゃ》のかっこうをしてたよ」ロッキーがいいました。

「あたしは、女の人ではじめての医者《いしゃ》のかっこうをしたの。それも、一回だけ

ね」

ジュディはいい返《かえ》しましたが、フランクとロッキーはつづけます。

「それに、カオガムを集《あつ》めてるし、新聞にのるのも好《す》きだし」

「それに、スクープを知らせるのって、未来《みらい》を予言《よげん》するのににてるし」

「ばんそうこうとピザ・テーブルを集《あつ》めるのも好《す》きかもね。きいてみなきゃ」

「『チェック！』っていう、へんな口ぐせもあるしね」

「あたしにはへんな口ぐせなんてないよ」

「なにかの機械《きかい》でジュディのコピーでもつくったみたいだ」とロッキー。

「エイミーはジュディのクローン人間なのかも！」とフランク。

「ガオ！」

あたしはひとりきりがいい。クローンなんていらない。あたしみたいな子、お母さんは「ほかにいない」っていってた。お父さんも「なかなかお目にかかれない」って。トッド先生も「クラスにふたりといない」っていってくれた（三年

T《ティー》組には、クラスメイトが二十一人もいるけどね！）。

あたしは、ひとりのほうがうれしい。だって、そういうものだし、いままでもそうだったし、これからもそうだし、そうでなきゃいけないし。

なのに、変《か》わっちゃった。エイミー・モードが、あのガム好《ず》きの小学生記者《きしゃ》がきちゃったから。

ジュディはもう、ひとりきりじゃないような、機械《きかい》でつくられたコピーのような気がしました。にたもの同士《どうし》の片割《かたわ》れのような、いくらでもつくれるつまらないクローン人間のような気分でした。

親友と新敵《しんてき》

ジュディは、理科のテストがあるという弟のスティンクのために、家で問題《もんだい》をだしてあげていました。

「四季《しき》をいいなさい」

「しき？　入学式《にゅうがくしき》とかのこと？」

「四つの季節《きせつ》のことだよ、スティンク。まあ、いいや。じゃあ、これは？　朝、葉《は》っぱなどに水がつくのはどうしてですか？」

「葉《は》っぱが汗《あせ》をかくから？」

「ちがう！　じゃあ、つぎ。これならわかるよね。けんこう骨《こつ》とは？」

「あ、知ってる。いつも元気いっぱいの骨《ほね》のことでしょ」

「ちがうよ。肩《かた》のうしろにある骨《ほね》のこと！　スティンク、もっとちゃんと勉強《べんきょう》しなきゃ。ねえ、きいてもいい？」

「さっきからきいてるじゃん」

「理科の質問《しつもん》じゃなくて、べつの質問《しつもん》。もし、自分はひとりしかいないって思ってたのに、そっくりの人がいるってわかったら、どうする？　もうひとりのスティンクがあらわれたら？」

「ふたりぶん、お姉ちゃんにいたずらする」

「もういいや。お父さんとお母さんにきくから」

ジュディはまず、お母さんにききました。お母さんはジュディをだきしめて、こういっただけでした。

「あなたは、たったひとりのだいじなむすめよ」

お父さんは、ジュディにききました。

「それは理科の質問《しつもん》かい？　それとも社会かな？」

「いってもわかってもらえないと思う。とにかく、お父さんはひとりで、お母さんもひとりで、スティンクもひとりでしょ。なのに、えーと、そこへ自分そっくりの人があらわれたらどうする？　もう自分がひとりじゃないような気がしたら？」

「まあ、親友にでもなってもらうかな」

ふーん。ジュディはそのことをかんがえました。親友ねえ。新敵《しんてき》じゃなくて？


つぎの日の休み時間、新敵《しんてき》の小学生記者《きしゃ》エイミーが、ジュディのところにやってきました。

「ねえ、わたしのこと、おぼえてる？」

「チェック」

ジュディはむすっとして、エイミーの口ぐせをいいました。

「おぼえててくれたのね！　あなた、ジュディっていうんでしょ？　名字はなんていうの？　学校でガムをかんでもいいことにする話、わたしの新聞にのせたいんだけど」

「モードだよ。ジュディ・モード」

ジュディは、つんとすましてこたえました。

「ジュディ・モード？　ほんと？　わたしもモードよ。いっしょね！」

「いっしょ、いっしょ！」

ジュディは、ついよろこびました。

「じゃあ、いつもみんなにからかわれない？　わたしはよく、『エイミー・モード は記者《きしゃ》モード』っていわれるわ」

「あたしは、『ジュディ・モードはふきげんモード』ってしょっちゅういわれるよ」

「やっぱり！　なかまがいて、うれしいわ。よかったら、ジュディもうちのクラブに入らない？」

「クラブならもう入ってるけど。オモディクラブっていって、友だちとつくったんだ」

「うちのはほんもののクラブよ。だれでも入れるのじゃなくてね。モードっていう名字を持《も》つ世界《せかい》じゅうの人が入ってるの。〈モードクラブ〉っていうのよ」

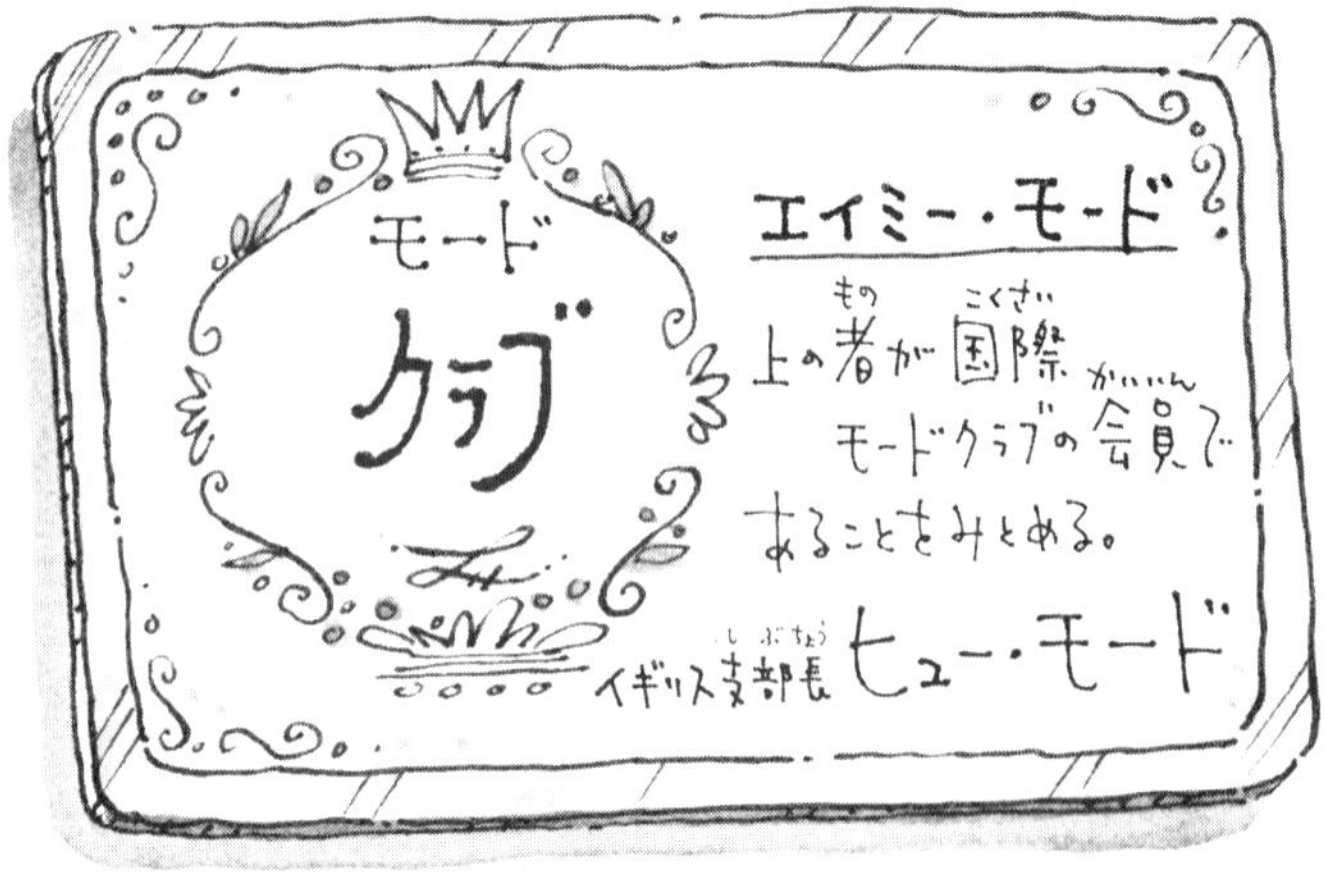

「ほんもののクラブ？」

「そうよ。ほら」

　エイミーはポケットからカードをだしました。ほんとうにほんとうの、ちゃんとしたメンバーカードです。

「ワオ！　これにあたしも入れるの？　世界《せかい》じゅうの人が入ってるクラブに？」

「もちろん！　わたしがもうしこんであげるわ」

「じゃあ、あたしもこんなカードがもらえるってこと？　ほんもののメンバーカードに、あたしの名前やなんかをのせてもらえるわけ？」

「チェック！」

「わあ。なんでもっと早くエイミーに会えなかったんだろう？」

「いつもいたのにね。世界《せかい》のどこかに！」

エイミーはそういって、ケラケラわらいました。ジュディはききました。

「クラブに入ったらなにをするの？」

「とりあえずはカードを持《も》ち歩くだけね。でも、好《す》きなメンバーに手紙をだすこともできるわ。ポストカードで返事《へんじ》をくれる人もいるわよ。外国のかっこいい切手をはってくれたりしてね」

「うそっ！」

「ほんとよ。わたしも世界《せかい》じゅうのメンバーからポストカードをもらってるもの。たとえば、ナンシー・モードとか、マルコ・モードとか、シン・モードとか。ニ、ニ、ニュ、ニュ、ニューアークに住《す》んでるニ、ニ、ニュートン・モードからきたこともあるわ。ニ、ニュ、ニューアークは、このアメリカのニ、ニュ、ニュージャージー州《しゅう》にあるのよ」

「びっくり！」

「でしょ。そういえばプリン・ア・ラ・モードって人もいたわね」

「うわ、おいしそう！」

「まあ、この名前はじょうだんだと思うけど。わたしのお気に入りはケーキ・モードよ」

「どっちみち、はらぺこモードになるね」

「そうなの」

ジュディとエイミーは、いっしょになってわらいました。

「あたしも入りたい！　そのクラブに入れて！」

「よかった！　じゃあ、土曜日の午前中にうちにこない？　メンバーカードとか、いろいろとりよせてあげる」

「うん、お父さんとお母さんにきいてみる。お金はかかるの？」

「ううん。ただモードよ」

「じゃあ、心配《しんぱい》モードにならなくてすむね」

「ぜんぜんモード！」

「オッケーモード！」

ふたりは、ころげまわって大わらいしました。

エイミーって、ほんとに物知《ものし》り。それに、おもしろい。えらそうなめがねをかけて、腕時計《うでどけい》をふたつもして、耳にえんぴつまではさんでるんだから。

それに、モードって名字だし、世界《せかい》じゅうの人が入ってるかっこいいクラブのメンバーだし、トッド先生のとっておきのひみつも知ってるみたいだし。

これなら、新敵《しんてき》から親友になっても、ぜんぜんおかしくないよね。

ふたつのクラブ

つぎの日、ジュディは学校にいく前に、つくえのいちばん上の引きだしをさぐって、古いむらさき色の腕時計《うでどけい》をとりだしました。まだ動《うご》いてる！　そして、赤いしましまの新しい腕時計《うでどけい》のすぐ横《よこ》にならべてつけました。

クリップボードもさがしましたが、それはみつかりませんでした。そこで、〈プンスカくんえんぴつ〉を耳にはさんで、学校にいきました。

「髪《かみ》にえんぴつがささってるよ」ロッキーがいいました。

「耳にはさんでるの。エイミーの新聞を手伝《てつだ》わせてもらえることになったから。

ちゃんとした記者《きしゃ》って、いつもえんぴつを持《も》ってるものでしょ」

「どうして腕時計《うでどけい》を二こもつけてるの？」フランクがききました。

ジュディは、赤ずきんちゃんに質問《しつもん》されたオオカミのようにこたえました。

「時間がよくわかるようにするためだよ」

「うそだ」とフランク。

ジュディは、ほんとうのことをいいました。

「エイミーは、ふつうの時間がわかる時計と、フランスの時間がわかる時計をしてるんだ。命知《いのちし》らずの記者《きしゃ》、ネリー・ブライみたいにね。エイミーにきいたんだけど、ネリー・ブライの時計って、一こは家があるニューヨークの時間に合わせてあって、もう一こはイギリスとか、イタリアとか、フランスとか、そのときいる場所《ばしょ》の時間に合わせてたんだって」

「ふーん」とロッキー。

フランクがまたききました。

「エイミーのもう一この時計は、どうしてフランスの時間にしてあるの？」

「さあ、どうしてかな。でも、それがわかったら、スクープにしなきゃね」

ジュディは耳からえんぴつをとると、ほんものの記者《きしゃ》らしくノートにメモをとって話をつづけました。

「そうだ、エイミーがこのクラスにきたときに、時計のことをきけるかも。エイミーね、朝の休み時間のあとに、トッド先生しか知らないとびきりのスクープをおしえてくれるんだって」

「えっ、エイミーがここにくるの？　この教室に？」ロッキーがききます。

「このクラスの生徒《せいと》になるんじゃないよね？」フランクも首をひねります。

「ちがうよ。ただ、すごいひみつをおしえにくるだけ」

「なんでそんなこと知ってるの？」とロッキー。

「ただ知ってるの！　そうだ、時計のこと、エイミーの家にいったときにきいてもいいかも。新しいクラブの集《あつ》まりがあるから」

「新しいクラブって？」ロッキーがいいました。

「新しいクラブって？」フランクもいいました。

「モードクラブだよ」

「それ、ぼくたちも入れる？」とフランク。

「モードっていう名字を持《も》つ、世界《せかい》じゅうの人が入れるクラブなんだ。ジュディ・モードとか、エイミー・モードとかね。だから、ふたりともだめ。フランクは名字がパールだし、ロッキーは名字がザンでしょ」

「ずるい。名字はどうしようもないのに」ロッキーがいいました。

「ルールをつくったのは、あたしじゃないもん」

「ぼく、名字をモードに変《か》えようかな。フランク・モードって、どう？」

フランクがそういうと、ジュディとロッキーは、いっしょになってわらいました。

「みんなでモードになったら、へんだよ」とロッキー。

「だよね。じゃあ、ぼくはフランク・パールのままでいいや。けど、土曜日の朝、ジュディもオモディクラブの集《あつ》まりにきてよ。エイミーの家なんかにいかないで」

「オモディクラブの集《あつ》まり？」とジュディ。

「スティンクからきいてない？　われらが〈おもらしトーディ、クラブ〉のものすごくだいじな集会《しゅうかい》があるって」

「どんな？」

ジュディがきくと、ロッキーがせつめいしました。

「土曜日の朝に、ペットショップの〈ふわり・アンド・ガブリ〉でレースがあるから、それにトーディをだしたいんだよ。優勝《ゆうしょう》すると、毒《どく》グモのタランチュラがもらえるんだ」

「スティンクがそういったの？」

「うん」

するとまたフランクがいいました。

「タランチュラは、トルーディっていう名前のメスなんだ。きれいな色をしてて、オレンジのしまもようなんだよ」

「目が八つもあって、キバもついてるから、どろぼうを追《お》っぱらってもらえるよ」ロッキーがつけたしました。

「どろぼう？　そんなの、このへんにはいないよ」とジュディ。

「いるさ。友だちどろぼうがね」とロッキー。「タランチュラなら、ひとの友だちをぬすもうとするだれかさんだって、追《お》っぱらってくれるかも」

「わるいけど、あたしは新しいクラブのほうにいかなきゃ。エイミーがいってたんだ――」

「エイミー、エイミー、エイミー。さっきから、そればっかり」とロッキー。

「エイミー・モードなんて、どうせ、いつも記者《きしゃ》モードなのに」とフランク。

「あ、それ、エイミーがよくいわれるっていってた」とジュディ。

ロッキーはフランクをみました。フランクはロッキーをみて、肩《かた》をすくめました。

「ふたりとも、どうしたっていうの？　きのうはエイミーのこと気に入ってたでしょ」

「まあね。ジュディはエイミーのこと気に入ってなかったけど」とロッキー。

「ただ名字が同じだからって、なんだっていうのさ」とフランク。「ぼくたちのほうが、先にジュディと友だちになったのに。おかしなクラブができる前からね」

「そうだよ。エイミーがきて、ジュディがぼくたちのことをわすれちゃう前からね」

「エイミーにおしっこをかけるカエルなんて、きっといないと思う。だから、エイミーはオモディクラブには入れない。ぜったいに」

「しーっ！　エイミーがくる！」ジュディがいいました。

するとエイミーがみんなのところへやってきて、あいさつしました。

「ボンジュール！　いまのはフランス語で『こんにちは』っていう意味《いみ》よ」

「ふーん」とロッキー。

「ねえ、ひとつきいてもいい？」とフランク。

「ええ、どうぞ。でも、いそいでね。あなたたちのクラスで発表《はっぴょう》することがあるから」

「カエルにおしっこをかけられたことある？」ロッキーがききました。

「ええっ？　まさか！」とエイミー。

「ほらね」

ロッキーとフランクは、ジュディにいいました。

ネリー・ブライ

「ほら、みんな！」

トッド先生が、教室の電気をパチパチさせながらよびかけました。

「休み時間は終《お》わりだ。席《せき》についていて。今日は、とくべつなお客《きゃく》さまにきてもらったぞ。おもしろい話をしてくれるそうだ」

「お客《きゃく》さまって、前にもきたクレヨンおばさんのこと？」だれかがききました。

「あの子のことじゃないか？」ブラッドがエイミーを指《ゆび》さしました。「だったら、ふつうの生徒《せいと》だよ。バレンタイン先生のクラスの」

「みんな、この子はエイミー・モードだ」

トッド先生がしょうかいすると、ジュディはぱっと席《せき》を立ちました。

「エイミーのことなら、もう知ってます！ それにエイミーって、あたしと同じところが三つもあるんです。名字がモードでしょ。あたしが医者《いしゃ》のエリザベス・ブラックウェルが好《す》きみたいに、エイミーは記者《きしゃ》のネリー・ブライが好《す》きでしょ。それに、カオガムも集《あつ》めてるでしょ」

「ありがとう、ジュディ」と先生。「ちょうどいおうと思っていたんだよ。三年V《ヴィ》組のエイミーのことを知っている子もいるだろう、ってね」

「エイミーの家は、わたしの家と同じ通りです」とアリソン。

「その青緑色《あおみどりいろ》のめがね、前にみかけたことがあるわ」とジェシカ。

「社会科見学で救急治療室《きゅうきゅうちりょうしつ》にいったとき、V《ヴィ》組もいっしょだった？」とサマンサ。

「なんでいつも青いチェックのスカートなの？」とロッキー。

「どうして食パンのふくろに荷物《にもつ》を入れてるの？」とフランク。

「こらこら、エイミーにも話をさせてあげなさい」トッド先生がいいました。

「エイミーは、命知《いのちし》らずの記者《きしゃ》、ネリー・ブライの話をしにきてくれたんだ。ネリー・ブライは、七十二日間で世界《せかい》を一周《いっしゅう》したんだよ」

するとエイミーがみんなにききました。

「『八十日間世界一周《せかいいっしゅう》』という映画《えいが》をみたことがある人はいますか？」

手をあげたのは、ほんの数人でした。

エイミーは話をつづけました。

「ネリー・ブライは女性記者《じょせいきしゃ》で、新聞にいろいろ書いていました。『八十日間世界《せ》界一周《かいいっしゅう》』の本も読んでいました。その本のなかで世界一周旅行《せかいいっしゅうりょこう》をしたフォッグという人は、じっさいにはいません。でもネリーは、じっさいにいる人間がフォッグより早く世界《せかい》をまわったら、おもしろいんじゃないかとかんがえました。そこで新聞社は、ネリーに世界一周旅行《せかいいっしゅうりょこう》をさせることにしました。べつの記者《きしゃ》がそのことを知って、ネリーを負《ま》かそうとしましたが、勝《か》ったのはネリーでした。ネリーは、七十二日と六時間十一分十四秒《びょう》で、世界《せかい》を一周《いっしゅう》しました」

エイミーはトッド先生をみました。

「その調子《ちょうし》！」先生はいいました。

「いつかわたしも記者《きしゃ》になって、ネリー・ブライのように世界《せかい》じゅうを旅《たび》したいと思います」とエイミー。

「つぎは、ネリーの旅《たび》のしたくについておしえてくれるかい？」と先生。

「はい。ネリーは、たった三日間で世界一周旅行《せかいいっしゅうりょこう》のしたくをしました。持《も》っていけたのは、小さなバッグひとつだけでした。この食パンのふくろぐらいのバッグです」

エイミーは、持《も》っていた横長《よこなが》のふくろをかかげました。

トッド先生はみんなにいいました。

「かんがえてごらん。もし自分が世界一周旅行《せかいいっしゅうりょこう》にいくことになって、このふくろに入れられるものしか持《も》っていけないとなったら？　なにを持《も》っていく？　じゃあ、ジェシカ」

「カメラを持《も》っていきます」

「ジュディ」

「プンスカくんえんぴつです」

「ブラッド」

「洗《あら》ったパンツ！」

みんなは、どっとわらいました。

「じゃあ、もう一度《いちど》ジェシカ」

「ブーブっていう名前のブタのぬいぐるみを持《も》っていきます」

「フランク」

「ハンバーガー。それから、自分のまくらです」

「おまえのまくらはパンのふくろよりでっかいだろ」とブラッド。

「じゃあ、ロッキー」

「ぼくはお金をいっぱいつめていきます！」

「エイミー、そのふくろになにが入っているか、おしえてくれるかい？」と先生。

「はい。ここには、ネリーがじっさいに持《も》っていったものが入っています。まず、せっけん。それから、針《はり》と糸、パジャマ、スリッパ……」

「まくらはなし？」とフランク。

「下着《したぎ》……」エイミーはつづけます。

「パンツだ！」とブラッド。

「インク、ペン、えんぴつ……」

「えんぴつも当たった！」とジュディ。

「帽子《ぼうし》を三つ、コップ、レインコート……」

「うそだ！」

みんながさけびましたが、エイミーが小さなポーチを広げると、それがレインコートになりました。

「わあ！」みんなは、すっかり感心《かんしん》しました。

「それから……親指《おやゆび》にはめるラッキー・リングです」

やった！　とジュディは思いました。ラッキー・リングだって！　あたしが持《も》ってるモード・リングみたい！

「お金は？」ロッキーがききました。

「小さなふくろに入れて、首にさげていました」

「服《ふく》やなんかは？」ジェシカもききました。

「いつも同じものを着《き》ていました。このスカートみたいな、青いチェックの服《ふく》です」

エイミーは、自分がはいているスカートを指《ゆび》さしました。

「その棒《ぼう》は？　なんのために持《も》っていったの？」だれかがいいました。

「ネリーは、イエメンという国にいったとき、棒《ぼう》で歯《は》をみがかなければいけなかったんです」

「イケメンなんて名前の国、あるわけないよ」

フランクがいいましたが、エイミーは話をつづけました。

「ネリーは、ラクダもみたし、ゾウに乗《の》っている人もみました。そして旅行《りょこう》のとちゅうで、マギンティという名前のサルをペットにしました」

「じゃあ、エイミー、きみの地球儀《ちきゅうぎ》をつかって、ネリーがどこをまわったかおしえてくれるかな？」

先生がいうと、エイミーは、新聞紙がべたべたはってある大きなボールを持《も》ちあげました。

「はい。この地球儀《ちきゅうぎ》は今朝つくったので、まだぬれていますが、ネリーが出発《しゅっぱつ》した場所《ばしょ》はここ、ホーボーケンです」

「ボーボーひげ？」だれかがいいました。

「ニュージャージー州《しゅう》にあるホーボーケンです。ネリーはここからイギリス、フランス、イタリアとまわって、アフリカのエジプトにわたりました」

エイミーは、地球儀《ちきゅうぎ》に引いてある黒い線を指《ゆび》でなぞっていきました。

「だれか、この地球儀《ちきゅうぎ》を持《も》っててくれませんか？」とエイミー。

「持《も》ちます！」とフランク。

「ぼくも」とロッキー。

うそでしょ、とジュディは思いました。だって、つい十分前まで、ロッキーもフランクも、エイミーのことを「どろぼう」っていってたのに。ひどい友だちどろぼうだって。それが、エイミーの手伝《てつだ》いをするなんて！

フランクは新聞紙でできた地球儀《ちきゅうぎ》を持《も》って、エイミーにききました。

「イケメンって国、どこにあるの？」

「あ、あった」

ロッキーがそういって、掲示板《けいじばん》から画びょうをとりました。

「ほら、ここ。紅海《こうかい》の下のほう」

ロッキーは、イエメンの場所《ばしょ》に画びょうをさしました。
パンッ！　とたんに大きな音がなって、みんなはとびあがりました。フランクも思わずとびのきました。新聞紙の地球儀《ちきゅうぎ》のなかに、風船が入っていたのです。空気がぬけた地球儀《ちきゅうぎ》は、シューッとしぼんでしまいました。
フランクはロッキーをみました。ロッキーはフランクをみると、「地球《ちきゅう》がばくはつした！」といって、ケラケラわらいました。
エイミーは、三年T《ティー》組の教室の前に立ったままです。手には、つぶれてぐしゃぐしゃになった新聞紙を持《も》っています。

地球《ちきゅう》は、しわしわの、くしゃくしゃの、べたべたです。

「ネリーの地球《ちきゅう》の旅《たび》は、これでおしまいです！」

エイミーはそういって、にげるように教室からとびだしました。

タランテ～ラ

ジュディは、フランクからロッキーにメモをまわしてもらいました。

『ひどい！　エイミーのちきゅうぎをわざとぺしゃんこにしたでしょ！　ジュディ』

ロッキーは、フランクからジュディにメモをまわしてもらいました。

『してないよ！　ロッキー』

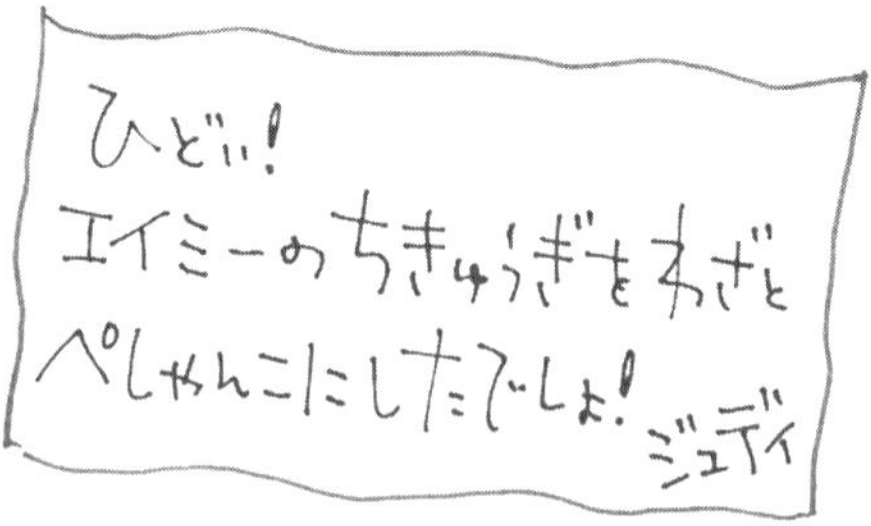
ひどい！
エイミーのちきゅうぎをわざと
ぺしゃんこにしたでしょ！
ジュディ

してないよ！
ロッキー

ジュディがまたメモをまわそうとしたとき、トッド先生が、これからすごいスクープをおしえるぞといいました。ジュディは、背《せ》すじをぴんとのばして、えんぴつのようにまっすぐになりました。

トッド先生は、黒板《こくばん》に地図を描《か》いていました。ジュディは、「すごいスクープ」が「地図」じゃないといいなと思いました。

「みんな、これからまったく新しいやりかたで外国のことを勉強《べんきょう》するぞ。八日間で世界一周《せかいいっしゅう》だ！」

「え？　どういうこと？」みんなはききました。

「バレンタイン先生のクラスといっしょに、世界《せかい》をまわるんだよ」

「やったー！　エイミーのクラスだ！」とジュディ。

ロッキーとフランクは、むすっとしてジュディをみました。

先生は話をつづけます。

「まずは、黒板《こくばん》に描《か》いたような地図の大きいのをつくって、T《ティー》組とV《ヴィ》組のあいだのろうかにはる。それから、最初《さいしょ》に世界一周《せかいいっしゅう》をした女性記者《じょせいきしゃ》、ネリー・ブライの道のりをたどる。そして、ネリーがおとずれたぜんぶの国について勉強《べんきょう》するんだ」

するると、ロッキーがききました。

「イタリアは入ってますか？　ぼくのおばあちゃん、イタリアからきたんです」

「入ってるよ」と先生。

「ディズニーランドは入ってますか？」とブラッド。

「それは入ってないなあ」

トッド先生はククッとわらって、黒板《こくばん》に十一この国の名前を書きました。

「何人かずつにわかれて、ひとつのグループにつきひとつの国をえらぶこと。えらんだ国について、こんなことをしらべてみてほしい」

先生は黒板《こくばん》を指《ゆび》さしました。

アメリ
イギリス
フランス
イタリア
エジプト
イエメン
スリランカ
マレーシア
シンガポ
中国
日本

①国旗《こっき》
②ゆうめいなりょうり
③あいさつのことば
または一から十までのかぞえかた
④その国で生まれたあそびなど

「世界一周旅行《せかいいっしゅうりょこう》ができるのは八日間だけだから、いそぐんだぞ。勉強《べんきょう》することも、やることも、いっぱいあるからね」

「その国のものをじっさいに持《も》ってきてもいいですか？」とジェシカ。「わたし、ロシアのマトリョーシカ人形を持《も》ってるんです」

「ざんねんながら、ロシアは入ってないよ」と先生。

「ぼく、イタリアのお金を持《も》ってます」とロッキー。「それと、〈甘炭《あますみ》〉っていう、石炭《せきたん》みたいな黒いおかしも」

「あたし、ロンドンの紅茶《こうちゃ》を持《も》ってます」とジュディ。「ロンドンって、イギリスにあるんですよね。それに、ドイツのハト時計も部屋《へや》にあります。ルーおばあちゃんがドイツからはるばる持《も》ってきてくれたんです」

「なるほど、みんないいアイディアだね。けど、まずはどの国にするか決《き》めてもらわなきゃ」

「これがすごいスクープなんですか？　外国についての勉強《べんきょう》が？」とフランク。

「ああ、ざんねんながらね。だけど、まだいちばんすごいことをいってなかった。この世界一周旅行《せかいいっしゅうりょこう》をする前に……映画《えいが》をみるよ！」

「映画《えいが》？　なんの？」だれかがききました。

「学校でみるんですか？」とフランク。

「電気を消《け》して、ポップコーンを食べながら？」とジェシカ。

「それはどうかな。とにかく、みる映画《えいが》は『八十日間世界一周《せかいいっしゅう》』だ！」と先生。

「やったー！」みんなは、おおよろこびしました。

その日の午後、T《ティー》組のみんなは、V《ヴィ》組の教室に映画《えいが》をみにいきました。ジュディは、エイミーといっしょに床《ゆか》にすわりました。それから青いポップコーン（青いトウモロコシからつくったやつ！）を食べて、フォッグという主人公《しゅじんこう》のやることにわらいました。発明家《はつめいか》のフォッグが、おかしな装置《そうち》で助手《じょしゅ》を空中にとばしたり、その助手《じょしゅ》が絵に顔をつっこんだりしていたからです！　それに、八十日間で世界《せかい》を一周《いっしゅう》するというむちゃな賭《か》けをしたフォッグは、まわりの人たちからずっとばかにされていました。

映画《えいが》が終《お》わると、ジュディはT《ティー》組の教室にもどって、ロッキーとフランクとジェシカとグループになりました。四人はイタリアをえらんで、イタリアの本をみようと図書室にいきました。

「赤と白と緑《みどり》でできているもの、な〜んだ？」ロッキーがいいました。
「サンタクロース？」とジェシカ。
「ピーマン入りのピザ？」とフランク。
「ちがうよ！　イタリアの国旗《こっき》」とロッキー。
「へえ、おもしろい！」とジュディ。「そういうじょうだんからはじめてもよさそう」
「赤と白と緑《みどり》の服《ふく》を着《き》てもいいわよね」とジェシカ。
「そうだね！　おもしろいかっこうをするの、大好《だいす》き！」とジュディ。
「いいよ」ロッキーとフランクもさんせいしました。
「それと、ピザはぜったい入れよう」とロッキー。
「ピザ、いいね！」とフランク。
「ちがうものにしない？　ピザなんて、だれだって知ってるよ」とジュディ。
「だから？　ピザはサイコーだよ！」とロッキー。「ピザのないイタリアなんて、モードのつかないジュディみたいなもんだ」

「ピザのつづりのテストをするのは?」とジェシカ。「ピザにのっているもののつづりをいうの。チーズのつづりはC《シー》―H《エイチ》―E《イー》―E《イー》―S《エス》―E《イー》、とか」

「ジェシカまで、やめてよ」

「ピザにかんけいのないイタリアのことばでもいいわよ。スパゲッティとか、パルメザンとか、ピノキオとか」

ジェシカがつづけると、ロッキーがいいました。

「ピノキオのつづりなんて、おとなだって知らないし、だれもこたえられないよ」

「有名《ゆうめい》な〈ピサの斜塔《しゃとう》〉をまねして、〈ピザ、ピザの斜塔《しゃとう》〉をつくるのは?」とフランク。

「なにで?」とジュディ。

「ピザ・テーブルで! ジュディ、集《あつ》めてるよね」

「そうだ、あれをぜんぶのりでくっつければ、塔《とう》になるよ」とロッキー。

「じょうだんでしょ！　せっかくのコレクションをのりでべたべたにするなんて。のりなら、食べるだけにして」

「のりなんて、だれも食べないよ。ピザなら食べるけど」とロッキー。

「みんな、ピザのことしか頭にないの？」とジュディ。

「じゃあ、ピザ頭じゃない人のアイディアをきかせてよ」とロッキー。

ジュディは本をみて、輪《わ》になっておどっている人たちの写真《しゃしん》を指《ゆび》さしました。

「これをやってもいいよね。タランテラっていうダンスだって」

「そんなダンス、どうやっておどるか知らないよ」とロッキー。

「そうだよ、タランチュラのダンスなんて」とフランク。

そのとき、トッド先生がそばを通りかかって、写真《しゃしん》をみました。

「イタリアのダンスとは、いいアイディアだね。タランテ〜ラ！」

「ほらね？　やっぱりいいアイディアでしょ」ジュディはにっこりしました。

世界《せかい》の国旗《こっき》
リア

トッド先生がいいました。

「ちょっと練習《れんしゅう》がひつようだろうけど、きっとできるよ」

「そういえば、おばあちゃんがそのダンスの古いレコードを持《も》ってた」とロッキー。

「みんなでロッキーの家にいって、練習《れんしゅう》しよう。土曜日は？」とジュディ。

「だめだよ！　その日はフランクもぼくも、〈ふわり・アンド・ガブリ〉にいくんだから。だれかさんとちがってね」ロッキーはジュディをにらみました。

「土曜日っていっても、午後だよ。それまでにはエイミーのところからもどるから」

「わたし、ロッキーの家にいってみたいわ。おもしろそう」とジェシカ。

「おもしろいかな」とフランク。「ぼくがおどったことあるのって、幼稚園《ようちえん》のときの五月祭《ごがつさい》だけなんだよね。それも、ころんじゃって、めちゃめちゃだったし」

「そんなふうにならないって。だいじょうぶ」ジュディはうけあいました。

すると、ロッキーがいいました。

「よし、じゃあ、みんな、土曜日の午後二時に、ぼくの家に集《あつ》まるってことでいい？」

ジュディは、フランクをひじでつつきました。

「いこうよ。楽しいから！」

「まあ、楽しくおどれるかもね。タランチュラみたいに足が八本もあったら」

イタリア語でいうと？

土曜日の朝、お父さんが、ジュディをエイミーの家まで送《おく》ってくれることになりました。ジュディは、ちゃんと腕時計《うでどけい》をふたつしているかたしかめました。むらさき色の時計のほうは、自分が住《す》んでいるバージニア州《しゅう》の時間になっています。赤いしましまの時計のほうは、イタリアの時間です。ジュディはモード・リングも親指《おやゆび》にはめて、ネリー・ブライのラッキー・リングのかわりにしました。

「チャオ、ママ！　チャオ、スティンク！」

「なにチューチューいってるの？　ネズミのつもり？」

「そんなわけないでしょ、スティンク。チャオっていうのはイタリア語。あたし、イタリアのことばを勉強《べんきょう》してるんだ。学校の授業《じゅぎょう》で〈八日間世界一周《せかいいっしゅう》〉をすることになったから」

「お姉ちゃんがするなら、〈八日間髪《かみ》の毛くしゃくしゃ〉じゃないの？」

　スティンクがいうと、お父さんとお母さんがぷっとわらいました。

「ちがうよ！」

「そのチューチューって、どういう意味《いみ》？　こんにちは？　さようなら？」

「両方《りょうほう》！」

「え？　イタリアでは、『こんにちは』と『さようなら』が同じ意味《いみ》ってこと？　へんなの！」

「チャオ、バンビーノ！」

「バンビーノ？　それって、赤ちゃんって意味《いみ》でしょ。ぼくは赤ちゃんじゃないよ！」

「はいはい。じゃあ、チャオ、フラテリーノ」

「フラテリーノって？」

「弟のこと。あ、待《ま》って。まちがえた。そうそう、正しくはオチビーノだ」

「ほんと？」

「うん！　『うん』をイタリア語でいうと、『シー』だよ」

「けど、なんで時計をふたつもしてるの?」

「『ひとりよりふたり』っていうでしょ」

「じゃあ、お姉ちゃんもふたりいないとだめってこと?」

「ちがうよ。時計もひとつよりふたつがいいってこと」

「へえ。それで、どこにいくの?」

「エイミーの家だよ」

「じゃあ、オモディクラブの集《あつ》まりは? これから〈ふわり・アンド・ガブリ〉のレースにトーディをだすんだよ。タランチュラをもらうんだ」

「ボナ・フォルトゥーナ」

「バナナがどうかした?」

「いまのは『幸運《こううん》をいのる』って意味《いみ》。ほんとは『うるさい』っていいたかったけど、イタリア語でどういうか知らないから」

「ひどいよ。お姉ちゃん、いつもぼくにいってるくせに。トーディはあんたひとりのものじゃなくて、クラブのみんなのものなんだからねって。だったら、みんなでいかなきゃ。全員《ぜんいん》で。それでこそ、クラブでしょ」

「スティンク、いい？　あたしは新しいクラブに入ったの。それで今日は、ほんもののメンバーカードをもらいにいくの。ほんとうにほんとうの、ちゃんとしたやつをね」

「なんのクラブ？　ぼくも入れる？　ぼくもほんもののメンバーカードがほしい」

「モードクラブだから、スティンクも入れるけど……。エイミーがもうしこんでくれたのは、あたしだけなんだ。ごめんね！」

「ずるい！」

「チャオ、オチビーノ！」

ジュディは、わらいながら車にむかいました。

べたべたガム

「チャオ！」

ジュディは、エイミーにイタリア語であいさつしました。

「ボンジュール！」

エイミーは、ジュディにフランス語であいさつしました。エイミーたちのグループは、フランスについてしらべることになったのです。

「そのラッキー・リング、すてきね！　わたしもしてるのよ」

エイミーは、親指《おやゆび》にはめている指輪《ゆびわ》をみせました。

「いっしょ、いっしょ！」ジュディはいいました。

「わたしのカオガムのコレクション、みる？」

「チェック！」

「じゃあ、上にいこう」

エイミーは二階《にかい》にあがって、自分の部屋《へや》のおくにある小さなドアをあけました。

するとそこは階段《かいだん》の下で、ちょっとした部屋《へや》のようになっていました。

「しゃがまないと、頭をぶつけるわよ」

「ここはなに？　こびとでも住《す》んでるの？」

「わたしのひみつの場所《ばしょ》よ」

エイミーは、小部屋《こべや》のかべを指《ゆび》さしました。だれにもみられない階段《かいだん》のうらに、かみ終《お》わったガムがべたべたくっついています。

「わあ！　自分でもガムのかべをつくってたんだね。カリフォルニアにあるやつみたいな！」

「しーっ！　ないしょにしててね。ママにみつかりたくないから」

ジュディは、口にチャックをするふりをしました。

「チャック！」

エイミーがそういうと、ふたりはわらいました。

「チャックにチェック！」

ジュディがふざけると、ふたりはもっとわらいました。

「メンバーカードをわたすわね。とりよせておいたから」

エイミーは、ジュディにメンバーカードをわたしました。いかにもほんものっぽいカードで、エイミーのと同じく、ヒュー・モードという人のサインがしてあります。

「ワオ！　ねえ、エイミーのカードには、ビニールのカバーがついてたよね？」

「自分でテープをはったの！」

ふたりは、ジュディのカードにもテープをはって、もっとほんものらしくしました。

「カードといっしょに、これもきてたわよ」

エイミーがふくろをさしだしました。

ジュディは受《う》けとって、なかみをとりだしました。〈わたしは○○モードです〉と書いてある名札《なふだ》。自転車《じてんしゃ》にはるモードクラブのステッカー。モードという名字を持《も》つ世界《せかい》じゅうのメンバーのリスト。〈モード名づくり〉という遊《あそ》びのしょうかい。

ふたりは、その遊《あそ》びをやってみました。ジュディはスティンクの名前をもじって、べつのおもしろい名前をたくさんつくりました。

スカンク・モード
スッポン・モード
スケスケ・モード
スカタン・モード
スパイク・モード
スモール・モード
スカスカ・モード
オチビーノ・モード

「やっぱりオチビーノ・モードがいちばんいいな」ジュディはわらいました。

「そうだ。モードクラブのメンバーに手紙を書かない？」エイミーがいいました。

「ワオ！」ジュディはリストをみました。「このリストに、そのうちあたしの名前ものるんだよね。ジュディ・モードって」

エイミーは、大きなプラスチックの箱《はこ》をだしました。なかにいろんな紙、インクくさいマーカー、色えんぴつ、シール、ゴムのはんこ、きらきらペンが入っています。

「手紙モード！」ジュディは、はしゃいでさけびました。

「ポストカードをつくろう」エイミーはいいました。「パソコンでプリントすることもできるわよ。できあがったら、クラブの人たちに送《おく》るの」

「オッケー。あたし、この人たちに送《おく》ろうかな。ベリー・モード、ビオラ・モード、ヤンキー・モード。ねえ、ウッヒー・モードって人もいる。うそじゃないよ」

「ウッヒー・モード？　おもしろいわね」

「ウッヒッヒー！」

ジュディとエイミーはいっしょにいって、大わらいしました。

エイミーもリストをみました。

「わたしはこの人たちに送《おく》るわ。フランス・モード、グールー・モード、それから、ホンコンにいるコンコン・モード」

「うそでしょ」

「ほんとよ。ほら、ここに書いてある」

ふたりは床《ゆか》にころがって、もっと大わらいしました。

それから、午前中いっぱいポストカードづくりをしました。住所《じゅうしょ》をぜんぶ書き終《お》えるころには、ジュディはすっかり腕《うで》がいたくなっていました。

「できた!」

「わたしはまだ。ひとつ手伝《てつだ》ってくれる?」

「いいよ。ナサニエル・モードにする? 住所《じゅうしょ》は、アメリカ合衆国《がっしゅうこく》、カリフォルニア州《しゅう》、サン・ルイス・オビスポだって」

「え? ちょっとみせて!」エイミーはリストをたしかめました。「ガム通りがあるところだわ。ほんもののガムのかべがある町。まちがいない!」

「ほんと? じゃあ、ナサニエルにガムを送《おく》って、かべにくっつけてもらおうよ。そうすれば、あたしのガムも、あのかべになかま入りできる」

「オッケーモード!」

「じゃあ、とりよせておいた手づくりガムのセットをつかおう。持《も》ってきてよかった。早くつくってみたかったんだ。これでナサニエルに手づくりガムを送《おく》れるよ。キッチンをつかっても、お母さんにおこられない？」

「もちろん。ちゃんときれいにしておけばね」

ジュディとエイミーは、キッチンにおりていきました。

「その前に、お昼を食べよう。ママが、ハムとチーズのサンドイッチをおいてってくれたから。でも、こんなふうに切ってからでいい？」

エイミーは、クッキーの型《かた》をつかって、サンドイッチを切りぬきました。ふたりは、星や、ハートや、フットボールや、カボチャや、ウサギの形のサンドイッチをつくりました。ジュディは、アメリカの形のものまでつくりました（ただし、フロリダ州《しゅう》はとれてしまいました）。

エイミーがお皿《さら》をテーブルに持《も》っていくと、ジュディがいいました。

「こんなにたくさん、百万年かかっても食べられないよ」

「食べるより、つくるほうがずっと楽しいわね」

エイミーは、口の上にミルクのひげをつけて、にっこりしました。

お昼のあと、ジュディは赤い腕時計《うでどけい》をみました。それから、むらさき色の腕時《うでど》計《けい》もみました。どっちがどっちだっけ？　ふたつも時計があると、こんがらがっちゃう。でも、どっちの時間もまだ早いみたい。

「もう帰るの？」エイミーがききました。

「ううん。ロッキーの家でタランテラっていうダンスの練習《れんしゅう》をしなきゃいけないんだけど、まだまだだいじょうぶ。だから、これをやろう！」

ジュディは、手づくりガムのセットの箱《はこ》をあけて、なかのふくろをひとつとりだしました。

「たぶん、これがガムのもとだよ。チクルっていって、熱帯《ねったい》雨林でとれるんだ」

ふたりは、ふくろをつぎつぎあけて、さらさらしたものやべたべたしたものをだしていきました。それをぜんぶボウルに入れて、電子レンジでとかしました。

「かきまぜる道具《どうぐ》、ある？」ジュディはききました。

ふたりは、かわるがわるボウルのなかみをかきまぜました。ぐるぐる、まぜまぜ、ぐるぐる、まぜまぜ。粉《こな》がとんで、あちこちにちらばりました。べたべたしたものが、スプーンやテーブルやいすにくっつきました。

「さあ、これからがお楽しみ！」ジュディはいいました。

ふたりは、つるつるの紙の上に、べたべたの大きなかたまりをボトンと落《お》としました。

「パンみたいにこねるって書いてあるわよ」とエイミー。

「はじめ！」とジュディ。

ふたりはそれぞれ、かたまりを手にとりました。

そのとたん、エイミーがいいました。

「待《ま》って！　腕時計《うでどけい》をはずしたほうがいいわ。べたべたになっちゃう！」

「べたべたモード！」とジュディ。

「くっつきモード！」とエイミー。

そのあとジュディは髪《かみ》をかきあげました。鼻《はな》をかきました。べたべたのかたまりをひざの上に落《お》としました。

「ジュディったら、ガムだらけよ！」

「エイミーもね。ガムガムモード！」

ふたりは、いっせいにわらいました。

「つぎはお待《ま》ちかねの味《あじ》つけだよ。セットには二《に》種類《しゅるい》の味《あじ》しか入ってないけど。

ペパーミント味《あじ》と、フルーツ味《あじ》」

「自分たちでつくってもいいわよね」

「どんなのを？」

エイミーは食器《しょっき》だなをみました。

「ピーナッツバター味《あじ》とか、ツナ味《あじ》とか？」

「うえっ、ツナ味《あじ》？」

エイミーは、調味料《ちょうみりょう》のたなもみました。

「じゃあ、シナモン味《あじ》、バニラ味《あじ》、チョコチップ味《あじ》」

手づくり
ガム
セット

「うん、いいね！」

エイミーは、冷《れい》ぞう庫《こ》もみました。

「ケチャップ味《あじ》、マスタード味《あじ》、ピクルス味《あじ》もできるわよ」

「それだ！」

「ケチャップ味《あじ》？　おえっ！」

「ちがうよ。ピクルス味《あじ》！」

ジュディは、ピクルスの汁《しる》をびんからたらして、べたべたのかたまりのひとつによくまぜあわせました。

「これを家に持《も》って帰って、スティンクにいたずらするんだ。きっと気づかないで食べちゃうよ。ピクルスモードガムって名前にしよう」

「ピクルスいたずらモードガムね」

「そうそう！　ピクルスいたずらモードガム！」

ふたりは、ガムをころがしたり、おしたり、ひねったり、のばしたりして、やっとたいらにしました。それから、粉砂糖《こなざとう》をかけて、小さく切りわけました。

「味見《あじみ》してみよう」とジュディ。

「ピクルス味《あじ》じゃないのをね」とエイミー。

ジュディは、ひとつ、ふたつ、三つと口に入れました。ガムは歯《は》にくっついて、舌《した》にくっついて、上あごにくっつきました。

「うあ、べはべは」ジュディは、しゃべりにくそうにいいました。

「べはべは？」

「べたべた！　あたしの口、ピーナッツバターを食べすぎたカバの口みたい」

エイミーも、ひとつ、ふたつ、三つと口に入れました。ふたりでガムをかんで、ふくらませたり、割《わ》ったり、また口に入れたりしていると、帰る時間になって、ジュディのお父さんがむかえにきました。

ジュディは、ピクルスモードガムではなく、ペパーミント・チョコチップ・フルーツガムをかみながら家に帰りました。

わすれてた！

「チャオ！　ただいま！」

ジュディがげんかんに入ると、スティンクが階段《かいだん》をバタバタかけおりてきました。スティンクはジュディをみるなり、ぽかんと口をあけました。

「スティンク、ハエでもつかまえるつもり？　そんなにおっきく口をあけちゃって」

スティンクはわらって、ジュディを指《ゆび》さしました。ジュディの髪《かみ》にも、鼻《はな》にも、ズボンにも、T《ティー》シャツにも、ガムがくっついていたからです。

「お姉ちゃん、どうしたの？　ガムかいじゅうにでもおそわれた？」
「まさか。手づくりガムのセットをつかって、エイミーの家でガムをつくってたの。ああ、楽しかった」
「えー、ぼくにないしょで？」
「うん。けど、スティンクにとくべつのガムをつくってきたよ。とっておきのつくりかたでね」

ジュディは、つるつるの紙を広げて、つくったガムをみせました。

ピンクのガム、茶色のガム、灰色《はいいろ》のガム、緑色《みどりいろ》のガム、でこぼこのガム。

「なにこれ！　ぼく、でこぼこのガムなんて食べないからね！」

「あんたのは緑色《みどりいろ》のやつだよ」

スティンクは、虫でもつまむかのように、緑色《みどりいろ》のガムを手にとりました。

「食べてみて！　気に入るから！」

ジュディはそういうと、かんでいたガムをふくらませて、パチンと割《わ》りました。

スティンクは、緑色《みどりいろ》のガムを口に入れました。舌《した》の上でころがしてから、かんでみました。一回、二回。

「うえっ！」スティンクは、ベーっと舌《した》をだしました。「すごくすっぱい。レモンキャンディよりひどいよ。これ、なんなの？　塩《しお》のガム？」

「ピクルスモードガムだよ！　わかる？　ピクルス味《あじ》のガムってこと！　ピクルスの汁《しる》を入れたんだ！」

「おえーっ！」

スティンクは、ガムをぺっとはきだしました。ネコのマウスが、床《ゆか》に落《お》ちたガムにとびつきました。

「きたない！」とジュディ。

「こら、スティンク」とお父さん。「ひろって、ちゃんとごみ箱《ばこ》にすてなさい」

「お姉ちゃんがわるいんだ！　ぼくをだまして、ピクルスのガムを食べさせたんだから！」

「死《し》にはしないさ」とお父さん。

「クモの卵《たまご》が入ってるかもしれないじゃない！」とスティンク。

「クモの卵《たまご》？」とジュディ。

お父さんがせつめいしました。

「いやあ、わるかった。スティンクにおしえたところだったんだよ。お父さんが子どものころは、ガムのなかにクモの卵《たまご》が入っているといわれていたから、口に

するのが本気でこわかったって」

「へんなの！」とジュディ。

「クモっていえば、レースでなにをもらったと思う？」とスティンク。

「え？　トーディが勝《か》ったの？」

「そういうわけじゃないんだけど」

スティンクは、気味《きみ》のわるいクモの皮《かわ》が入っているビニールぶくろを持《も》ちあげました。

「これをもらったんだ。クモが脱皮《だっぴ》したから」

「クモがだっこした？」

「だっぴ！　皮《かわ》をぬいだんだよ。皮《かわ》っていっても、がさがさの殻《から》だけどね」

「ワオ！」ジュディは、ふくろのなかをのぞきました。

「トーディはけっきょく、レースがはじまったら、一

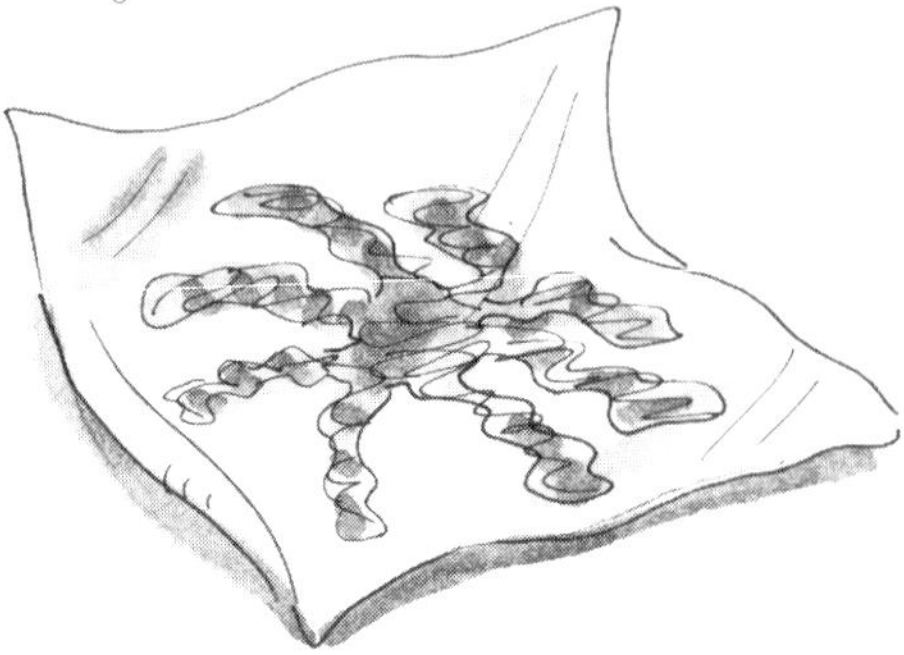

歩も進《すす》もうとしなくてさ。優勝《ゆうしょう》してタランチュラをもらった子が、ぼくに皮《かわ》をくれたんだ。かわいそうに思ったんじゃないかな」

「タランチュラ！　そうだった！　モードクラブのスクープをしらべたり、スティンクをだますガムをつくったり、エイミーの家でいろいろやってるうちに、ロッキーの家にいくのをわすれちゃった！　ダンスの練習《れんしゅう》をするはずだったのに。タランチュラの……じゃなくて、タランテラの。ああ、ややこしい」

「スクープなら、ぼくもおしえてあげるよ。お姉ちゃんの友だち、もうお姉ちゃんとは話さないんだって。そう伝《つた》えてくれっていわれた。ロッキーが電話してきて、フランクが電話してきて、ロッキーがまた電話してきたんだ。あと、ジェシカって子も」

「スティンク！　なんでもっと早くいわないの？　みんな、なんていってた？」

「お姉ちゃんがこなかったこと、めちゃめちゃおこってるって。それと、百万ドルもらったって、そのクモのダンスはおどらないって」

すると、お母さんがいいました。

「ジュディ、それはきずてならないわね。あなた、ロッキーやみんなと学校の宿題《しゅくだい》をするはずだったのに、エイミーと遊《あそ》んでたの？」

「わざとじゃないよ。でも、みんなすごくおこってて、もうあたしと口をきいてくれないみたい」

「まあ、どうにかなるでしょ。ただのまちがいなら、だれだってするもの」

お母さんがこたえると、こんどはお父さんがいいました。

「新しい友だちができて、はしゃいでしまったのはわかるよ。とにかくお父さんたちにいえるのは、これからちゃんと気をつけて、前からの友だちともなかよくしなさいってことだ」

「おこってるんじゃ、どうしようもないよ。なんていったらいい？」

「正直《しょうじき》にいうしかないわね。時間をわすれてたって」とお母さん。

「それか、ガムかいじゅうに脳《のう》みそを乗《の》っとられたっていえば？」とスティンク。

「ガオ！　こんなことになるなんて、信《しん》じられない。時計をふたつしてたから、こんがらがっちゃった。それに、エイミーの家で手を洗《あら》うとき、時計をふたつともはずしちゃったし……。それとも、ちがうほうの時計をみてたのかな」

「やっぱり、ふたつよりひとつがいいってことだよ！」スティンクがいいました。

ジュディ対《たい》ロッキー

ジュディはロッキーに電話しました。

「おそくなってごめん。腕時計《うでどけい》をふたつしてたから、こんがらがっちゃって。それに、ガムかいじゅうにおそわれて――」

「ジュディとは口をきかないよ」

「あ、しゃべった！　それって、口をきいてるってことだよね！」

ジュディはわらいました。けれどロッキーは、これっぽっちもわらわずにいいました。

「本気だよ。フランクもおこって、もう帰っちゃったしね。ジェシカなんて、ぼくたちのグループにいるのもいやだって。自分ひとりでピザのつづりのテストをつくるってさ」

「けど、ダンスの練習《れんしゅう》をしなきゃ。あたし、いまからいくね」

「だめだよ！　いっただろ。もうジュディとは口をきかないって」

「でも、あたし……ううん、あたしたち、ちゃんとやらなきゃ。だって――」

「フンフン、フンフン、フンフンフーン……」

ロッキーは、ジュディの話をきくまいと、電話口で『きらきら星』の歌をハミングしはじめました。

ジュディは電話を切って、スティンクをさがしました。

「スティンク、あたしといっしょにロッキーの家にいくよ。いますぐ！」

「なんで？」

「ロッキーがあたしと口をきいてくれないから」

「だから？」
「スティンクとだったら口をきくでしょ」

ジュディは通りをわたって、ロッキーの家のベルをならしました。それから、自分の前にスティンクを立たせました。ロッキーがドアをあけました。

ロッキー――スティンク、ジュディとは口をきかないって、ジュディにいって。
ジュディ――スティンク、ダンスの練習《れんしゅう》をしなきゃいけないって、ロッキーにいって。
スティンク――ロッキー、お姉ちゃんが「ダンスの練習《れんしゅう》をしなきゃだめ」だって。
ロッキー――ジュディにいって。練習《れんしゅう》にこなかったのはだれだよって。それにぼくは、クモみたいなダンスなんてやっぱりやりたくない。やめた。

ザンの家

スティンク――ロッキーはやめたんだって。
ジュディ　――きこえたよ。ほんとにしかたなかったんだってロッキーにいって。
ガムかいじゅうにおそわれたり、いろいろあったことも。
スティンク――ロッキー、お姉ちゃんはガムだらけになっちゃったんだよ。ほら、
みて。このガムのかたまりみたいな頭。
ロッキー　――ざんねんでしたってジュディにいって。もうおそすぎるって。ぼ
くたちは三時すぎまで待《ま》ってたし、フランクもジェシカも、もう
帰っちゃったんだから。これで、お・し・ま・い。
スティンク――「お・し・ま・い」だって。
ジュディ　――スティンク、おしまいにすることなんてできないって、ロッキー
にいって。だって、あたしたちが発表《はっぴょう》しなかったら、八日間で世《せ》
界《かい》を一周《いっしゅう》できなくなっちゃうんだよ。みんなにめいわくをかけて
もいいの？　三年V《ヴィ》組にもだよ？　四人で落第《らくだい》したいの？

スティンク――ロッキー、落第《らくだい》して、みんなにめいわくをかけたいの？
ロッキー　――めいわくをかけたのはそっちだろ……じゃなくて、ジュディにいって。めいわくをかけたのはそっちだろって。もしぼくたちが落《らく》第《だい》したら、ジュディのせいだ。
スティンク――ロッキーがいってるよ――
ジュディ　――ごめん、ほんとにごめんって、ロッキーにいって。腕時計《うでどけい》をふたつしてて、時間がわからなくなっちゃったの。ひとつをイタリアの時間にしてたから。けど、こうやって、ちゃんときたじゃない。
ロッキー　――ジュディにいって。問題《もんだい》は、今日の練習《れんしゅう》をわすれたことだけじゃないって。ジュディは、親友のぼくたちをみすてたんだ。すっかりエイミー大好《だいす》きモードになってね。モードなんてことば、だれだってつかえるのにさ。

ロッキーは、紙を一枚《いちまい》、スティンクにわたしました。

ロッキー　――ほら、これを読んでやって。
ジュディ　――読んで、スティンク。きこうじゃない。
スティンク――読む仕事《しごと》までさせるなら、二十五セントはらってもらわなきゃ。
ジュディ　――早く読んで！
スティンク――**ぼくの名前はフランク**
でも、今日は
フランケンシュタイン・モード
ジュディが練習《れんしゅう》にこなかったから
ガオーってさけびたいモード
ロッキー　――そっちじゃない。こっちだ。
スティンク――**ぼくの名前はロッキー**

でも、今日は
うんざりしてグロッキー・モード
頭にきてムッキー・モード
がっかりしてアンラッキー・モード
ジュディうそつきモードめ
ジュディうそつきモードだって！　おもしろ〜い。

ジュディ　──うるさい。

スティンク──あ、もうひとつあった。
ぼくの名前はスティンク
でも、今日は助《すけ》っ人《と》モード
だから、もらうべきだよね
二十五セントを──

ジュディ　──スティンク！　そんなこと書いてないでしょ！

ロッキー　――ジュディにいって。ぼくもフランクも、ジュディをみすてるって。
ジュディ　――あ、そう。
ロッキー　――あ、そう。
スティンク――お姉ちゃんひとりでダンスをするなんて、むりだよ！
ジュディ　――そんなことないって、ロッキーにいって。あたしはひとりだっておどるよ。
スティンク――むりだってば！　クモのダンスをどうやってひとりでおどるの？クモには足が八本あるんだよ。だったら、四人ひつようでしょ。
ジュディ　――スティンク！　早くロッキーにいって。
スティンク――お姉ちゃんはひとりでおどるんだって。
ロッキー　――スティンク、ジュディにいって。新しい親友モードのエイミーとおどればって。
スティンク――そっか！　いいかんがえだね！　お姉ちゃん、いまの話――

ジュディ　──はいはい、わらえないぐらいおもしろい話だね。スティンク、ロッキーにいって。おばあちゃんのタランテラのレコードがないと、ひとりでおどることもできないって。古いレコード・プレーヤーを持《も》ってるのも、ロッキーだからねって。

ロッキー　──ふん！　だからまた友だちになろうってわけ？　ぼくが持《も》ってるものがひつようだから？

スティンク──お姉ちゃん、ロッキーが──

ジュディ　──スティンク、ロッキーにいって。せめて学校に持《も》ってきてくれるよねって。

ロッキー　──うっ……。

スティンク──ロッキーが「うっ」だって。

ジュディ　──「うっ」って、持《も》ってくるってこと？　それとも、かんがえちゅうってこと？

スティンク――ロッキー、「うっ」ってどういう意味《いみ》？
ロッキー――うんうん頭をひねってるって意味《いみ》だよ！　わかった？
スティンク――かんがえちゅうってことみたい。
ジュディ――じゃあ、ロッキーにいって。かんがえる時間は十秒《びょう》だよって。両《りょう》方《ほう》の腕時計《うでどけい》をみて、かぞえるからね。十、九、八、七……
ロッキー――ジュディにいって。レコードとプレーヤーは持《も》っていくけど、ダンスはするもんかって。
ジュディ――あ、そう。
スティンク――「あ、そう」だって。
ロッキー――あ、そう。
スティンク――「あ、そう」だって。
ジュディ――あ、そう。
スティンク――これだけやって、一セントももらえないなんて、ひどい！

旅行《りょこう》スタート

月曜日、ジュディは学校に着《つ》くと、まずトッド先生に話しにいきました。

「先生、あたしたち、八日間で世界《せかい》を一周《いっしゅう》するんですよね」

「そうだよ」

「うちのグループはイタリアのたんとうですよね」

「どうかしたのかい？」

「ちょっと……はい。イタリアはたんとうできないかも。ほかの国もだめかもしれません」

「それはざんねんだな。うちのクラスだけでなく、V組《ヴィ》もいっしょに旅行《りょこう》することになっているからね。それに、イタリアがぬけたら、世界《せかい》を一周《いっしゅう》できなくなってしまう」

「あたしのせいだと思います。タランテラの練習《れんしゅう》にいかないで、ロッキーとフランクとジェシカをおこらせちゃったから――」

「そういうことなら、自分たちで解決《かいけつ》してごらん。やれるだけのことをやってみるんだ。いいね?」

「はい、やってみます。ただ、ジェシカはひとりでできることをかんがえてくれたみたいですけど、ロッキーとフランクは、八日のうちにきげんが直るかどうか」

「じゃあ、そうだな、イタリアを最後《さいご》にするのはどうだい? 八日目まで待《ま》って、それから発表《はっぴょう》するといい」

「わあ、ありがとうございます、トッド先生。とりあえず、がんばってみます」

その週ずっと、三年T《ティー》組とV《ヴィ》組は楽しく世界《せかい》をまわりました。ジュディは、ロッキーとフランクがおこっていることを、なるべく気にしないようにしました。ロンドンがしょうかいされると、エイミーといっしょになって、イギリス人っぽく「すばらしい！」といいました。それからみんなで、チップス（フライドポテトのこと）に酢《す》をかけて食べました。

フランスのときには、エイミーの指揮《しき》のもと、『フレール・ジャック』というフランスの有名《ゆうめい》な歌をみんなで輪唱《りんしょう》しました。

イエメン（イケメンじゃなくて）のときには、こうばしい豆《まめ》ごはんを手づかみで食べました！　それから、ネリー・ブライのまねをして、棒《ぼう》で自分たちの歯《は》をみがきました。

エジプトでは、角砂糖《かくざとう》で大きなピラミッドをつくりました。日本になると、ジ

パリ
ニュー
ジャージー

ユディは着物《きもの》を着《き》て、折《お》り紙をおそわりました。中国では、みんなで水墨画《すいぼくが》を描《か》いて、おみくじ入りのクッキーを食べました（クッキーは、中国から持《も》ってきたものではありませんが、近くの中華料理店《ちゅうかりょうりてん》でほんとうにだされているものでした）。

「エイミーのおみくじ、なんて書いてあった？」ジュディはききました。

『新しい友だちがすぐにできるでしょう』

「いいね！」

「ジュディのは？　なんて書いてあったの？」

「なにも」

「まっ白？　そんなはずないわよ。みせて」

エイミーは、ジュディが持《も》っていたおみくじをひったくりました。

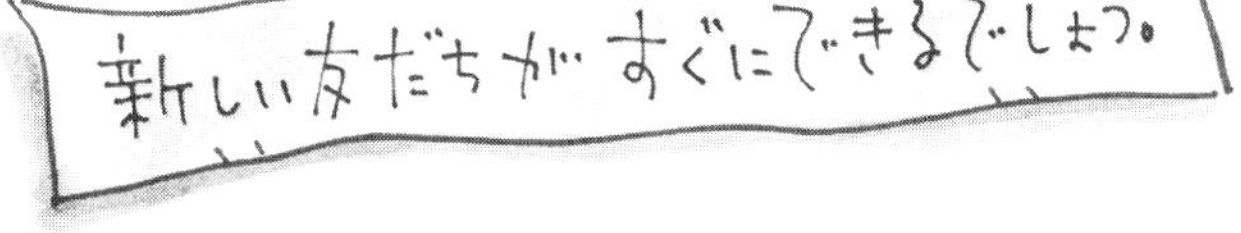

『タランテラをひとりでおどることになるでしょう』

「気にすることないわ！　どうみてもにせものだもの。ただのメモ用紙に生徒《せいと》の字で書いてあるでしょ」

「それでも、当たりそうな気がするけどね」

つぎの週の火曜日、三年T《ティー》組とV《ヴィ》組は七日目の旅《たび》を終《お》えました。あしたは最後《さいご》の日、八日目です。けれど、問題《もんだい》がひとつのこっていました。ロッキーとフランクが、まだおこっていたのです。ふたりはかっかしていて、クモにでもかまれたみたいです。あんまりあらあらしくて、タランテラをおどるタランチュラより手に負《お》えません。
ジュディは、ふきげんモードになりました。もう〈ひとりでやるしかなくてうんざりモード〉です。けれど、お父さんとお母さんからはいつも、「したいこと

があるなら、自分でどうにかしなさい」といわれています。ダンスだって、自分でどうにかできるかもしれません。ロッキーとフランクがいなくても。ジェシカがいなくても。いっしょうけんめいやっているところをみせたら、ロッキーもフランクも落第《らくだい》しないですんで、おこるのをやめてくれるはずです。

あたしは、モードクラブのちゃんとしたメンバーなんだから。三年T《ティー》組とV《ヴィ》組のみんなを、八日間でちゃんと世界一周《せかいいっしゅう》させてやる。このジュディ・モード、たったひとりで。

ジュディは夜おそくまで起《お》きて、イタリアの本を読んで、ピザ・テーブルをのりでくっつけて、みんなで楽しめるゲームをかんがえました。タランテラの練習《れんしゅう》をするときには、スティンクにもつきあわせました。けれどスティンクは、ジュディの足をふんづけるばかりでした。

朝起《お》きると、ジュディは赤いスカートをはいて、緑《みどり》と白のしましまの長そでを着《き》ました。白いタイツにイタリアの国旗《こっき》まで描《か》いて、ハロウィーンの仮装《かそう》のときにつかった赤いくつをはきました。

「だれのまね？　サンタクロース？」とスティンク。

「ちがうよ。赤と白と緑《みどり》でできているもの、な〜んだ？」

「お母さんの白くて新しいカーペットについたしみ？」

「じょうだんはやめてちょうだい、スティンク」とお母さん。「うーん、赤と白と緑《みどり》ねえ。お父さんがつくるおかしなスパゲッティのこと？」

「あの三色パスタ、気に入ってたんじゃなかったのかい？」とお父さん。「ユニークだっていってたじゃないか」

「ユニークなのはたしかよ」お母さんは、からかうような顔をしました。

ジュディはいいました。

「今日の晩《ばん》ごはんは、それじゃないのにして。〈パスタゲーム〉をしようと思っ

て、うちのパスタをいっぱいかりちゃったから」

「わかったよ。なぞなぞも降参《こうさん》だ」とお父さん。「赤と白と緑《みどり》でできているものって、クリスマスツリーじゃないよな？」

「ちがうよ！　クリスマスとはかんけいないってば」

「わかった！」とスティンク。「国旗《こっき》じゃない？　ブルガリアか、ハンガリーか、メキシコか、マダガスカル！」

「まだらザル？　なんでそんなのがでてくるの！　イタリアは？　イタリアの国旗《こっき》だって、赤と白と緑《みどり》でしょ」

「しかたないよ。百科事典《じてん》の『い』のページはまだ読んでないんだから。それに、お姉ちゃん、国旗《こっき》にはみえないよ。ぼくは〈人間国旗《こっき》〉になったことがあるから、わかるけど――」

「なるほど、学校の発表《はっぴょう》のためのかっこうなんだな」とお父さん。

「そうだよ。ネリー・ブライは七十二日間で世界《せかい》を一周《いっしゅう》して、新記録《しんきろく》をつくったけど、あたしたちは、たった八日間で世界《せかい》を一周《いっしゅう》するんだ！」

「じゃあ、みんなと仲直《なかなお》りできたの？」とお母さん。

「まだちょっとビミョーだけど、今日の発表《はっぴょう》がうまくいけば――」

「ちょっときみょう？　お姉ちゃんなら、すごくきみょうでしょ」

「はいはい。ねえ、スティンク、あのタランチュラの皮《かわ》、学校に持《も》ってってもいい？　それと、あんたのタンバリンも」

「さあ、どうしようかな～」

「スティンク、やさしいオチビーノになってよ。今日だけは。おねがい」

「イタリアはタランチュラとタンバリンの国とか、そういうこと？」

「まあ、そういうこと」

「ぼく、本気できいてるのに」

「あんたって、百科事典《じてん》をよく読んでるわりには、あんまり物知《ものし》りじゃないよね」

「『た』のページもまだ読んでないだけだよ！」

「じゃあ、早く読んだら？　なんたってイタリアでは、タ、タランチュラがタ、タマネギを食べながら、タンバリンをたたくんだから！」

ダンスマシーン

その朝、ジュディは学校にいくと、ろうかでエイミーにばったり会いました。

「イタリアの話をきくのが楽しみ！　またT《ティー》組におじゃまするわね。早くジュディのグループのクモダンスがみたいわ！」

「ひとりのグループだけどね」

ジュディはT《ティー》組の教室に入って、まどぎわのたなの上にピザ・テーブルの斜《しゃ》塔《とう》をおきました。その上に箱《はこ》をかぶせて、発表《はっぴょう》までだれにもみられないようにしました。

「ロッキー、レコードを持《も》ってきてくれた？　それと、レコード・プレーヤーも」

「フランク、ジュディにいって。持《も》ってきたって」

「びっくり！　まだあたしと口をきかないつもり？」

ロッキーは口にチャックをしました。

「チャックにチャック！」ジュディはわらいました。

「え？」とフランク。

「なんでもない。ふたりはあのときいなかったもんね。あたしはいたけど。ふたりとじゃなくて、エイミーといっしょに！」


授業《じゅぎょう》のベルがなるとすぐ、ジュディたちがイタリアについて発表《はっぴょう》する番になりました。ジュディとジェシカは、T《ティー》組とV《ヴィ》組のみんなの前に立ちました。

「ジュディ、ほかのメンバーは？」トッド先生がききました。

「ふたりとも、早くきて」ジュディはひそひそいいました。

ロッキーとフランクがやってきて、教室の前に立ちました。

「えっと、ロッキーは声がでないみたいなので、あたしがグループを代表《だいひょう》してしゃべります。フランクにはイタリアの国旗《こっき》を持《も》っていてもらいます」

ジュディは国旗《こっき》をフランクにわたして、話をつづけました。

「みなさん、チャオ！　まずはじめに、ジェシカがピザのつづりのテストをくばります」

「えーっ、テスト？」みんなは、いやがりました。

「ただの遊《あそ》びです」ジェシカがせつめいしました。「いつでも好《す》きなときにやってください。べつに宿題《しゅくだい》でもなんでもありませんから」

「さて」ジュディはいいました。「これから、イタリアのことをちょっとしょうかいします。それからゲームをやって、ダンスをみせます。イタリアには、おも

しろい名前の町がいろいろあります。ナポリタンとか、ピザとか」

「ナポリと、ピサだよ」トッド先生がおしえました。

「ブラボー！　ピザの町には塔《とう》がありますが、斜《なな》めにかたむいているので、〈ピザの斜塔《しゃとう》〉とよばれています」

　ジュディがせつめいをつづけると、ジェシカが横《よこ》からいいました。

「食べもののピザのつづりはＰ《ピー》－Ｉ《アイ》－Ｚ《ズィー》－Ｚ《ズィー》－Ａ《エー》。町のピサのつづりはＰ《ピー》－Ｉ《アイ》－Ｓ《エス》－Ａ《エー》です」

「えーと、とにかく斜塔《しゃとう》をつくったので、どんなふうかみてください」

「それ、ぼくたちのアイディアじゃないか！」とロッキー。

「ロッキー、ちゃんと声がでるようだね」とトッド先生。

「これはロッキーとフランクのアイディアです。ボワラ！」とジュディ。

「ボワラは『どうぞ』っていう意味《いみ》のフランス語よ。先週ならったわよね」とジェシカ。

「では、ピザ・テーブルの斜塔《しゃとう》をどうぞ！」

ジュディは、かぶせてあった箱《はこ》をぱっと持《も》ちあげました。

ところが、斜塔《しゃとう》はおかしなことになっていました。ちっともかたむいていないうえに、すっかりとけてしまっていたのです！　のりでくっつけた斜塔《しゃとう》だったはずが、どろどろにとけたプラスチックのかたまりになっています。

「アハハ！」みんなは指《ゆび》をさしてわらいました。

「うわあ、体がとけちまうよ！」ロッキーは、『オズのまほうつかい』にでてく

る〈西のわるい魔女《まじょ》〉のまねをしました。

「ああ、あたしのピザ・テーブルの斜塔《しゃとう》が……。たなの上においたのに……その下にヒーターがあったなんて！」

「熱《ねっ》でとけちゃったってわけだ」とロッキー。

「じゃあ、〈ピザのどろどろ塔《とう》〉ってよばなきゃ」とフランク。

すると、エイミーがジュディをはげましました。

「気にすることないわ。わたしの地球儀《ちきゅうぎ》だって、にたような目にあってるし。地《ち》球《きゅう》のばくはつ！　おぼえてるでしょ？」

「さあ、みんな、発表《はっぴょう》をつづけてもらおう！」トッド先生がいいました。

ジュディは、パスタゲームの道具《どうぐ》をだして、ガサガサするふくろを持《も》ちあげました。

「みなさんひとりひとりに、ゲームボードと、パスタが入ったふくろをわたします。ふくろにはいろんな種類《しゅるい》のパスタが入っているので、それをボードに描《か》いてある形と合わせてください」

「よくかんがえたね」とトッド先生。

「とってもおもしろそうだわ」とバレンタイン先生。

「合わせ終《お》わったら、それぞれのパスタの名前を下に書くこと。名前がわからないときは、この表《ひょう》をみてもらってかまいません」

ジュディは、前もってパスタをはりつけておいた表《ひょう》をかかげました。パスタの上には

名前が書いてあります。

みんなはどっとわらいました。

「なんだ、あれ！」ブラッドが指《ゆび》さします。

「いくつかとれてるよ」V《ヴィ》組の子もいいます。

「ひじ形マカロニはどこ？」だれかがききます。

「それに、ベルミチェッリとカペッリーニは？」ジェシカも首をひねります。

ジュディは目を丸くして表《ひょう》をみました。なんでとれちゃってるの？　夜おそくまで起《お》きて、ぜんぶのパスタがちゃんとくっついてるのをたしかめたのに。

ジュディは、ロッキーとフランクのそばにつかつか歩いていって、手をさしだしました。

「どっちがぬすんだの？　返《かえ》して」

「ぼくじゃないよ！　ほんとに！」ロッキーがいいました。

フランクはなにかをかんでいます。かんでいるといっても、ガムではありません。ゲームのために用意《ようい》したパスタです！

「食べちゃったの？」

ジュディがさけぶと、フランクはもごもごいいました。

「国旗《こっき》を持《も》ってつっ立ってたら、おなかがすいちゃって」

「ちょっと！　つかうなら、こっちのパスタソースにしてよ」ジュディは自分の頭を指《ゆび》さして、脳《のう》みそのことをほのめかしました。「そのパスタ、ゆでてもいないのに！」

「だから？　生《なま》でもおいしいよ」

「おえっ！　のりがついてても？　そんなことするなら、みんなにおしえちゃうよ。フランク・パールはのりを食べるって」

「べつにいいよ。どうせみんな知ってるもん」

「ガオパスタ！」

ピザ・テーブルの斜塔《しゃとう》はとけてしまいました。パスタゲームのパスタは食べられてしまいました。八日間で世界《せかい》を一周《いっしゅう》するのは、やはりたいへんそうです。けれどタランテラのダンスは、うまくいくに決《き》まっています。ぜったいカンペキにできるはずです。今日になって、練習《れんしゅう》したことをわすれてさえいなければ。

ジュディはいよいよ、ひとりでタランテラをおどることになりました——あのおみくじのとおりに。

レコードをかけるのはロッキー、タンバリンをたたくのはフランク、手びょうしをするのはジェシカです。

これをしっぱいするわけにはいきません。もししっぱいしたら、八日間で世界《せかい》を一周《いっしゅう》できなかったといって、みんなかんかんにおこるでしょう。

みんながパスタゲームを終《お》えると、トッド先生がつくえやいすをすみによせて、ジュディがおどる場所《ばしょ》をつくってくれました。

「オッケーモード！　これからタランテラをおどります」ジュディはいいました。

「タランチュラ？」だれかがききました。

「ちがうよ」フランクがこたえました。

ジュディはせつめいしました。

「じつは、びっくりするかもしれませんが、しらべてみたらなんと、『タランテラ』は『タランチュラ』のことだったんです。うそじゃありません。それに、あたしのお父さんの話だと、このダンスは中世《ちゅうせい》のころにはじまったそうです。お父さんもまだ生まれていない、大むかしです」

トッド先生とバレンタイン先生が、ぷっとわらいました。

ジュディは、タランチュラの皮《かわ》が入ったふくろを持《も》ちあげました。

「うえーっ！」みんなは気味《きみ》わるがって、体をくねらせました。

「生きてないので、だいじょうぶです。これはタランチュラの皮《かわ》というか、殻《から》です。タランテラは、『クモのダンス』とよばれています。一説《いっせつ》には、タランチュラにかまれると、体から毒《どく》をぬこうとして、めちゃくちゃなダンスをおどることになるからだそうです。このダンスはクモの毒《どく》をぬくのに効《き》くといって、そのことについて書いているお医者《いしゃ》さんもいます」

「ほう、おもしろいね」トッド先生が感心《かんしん》しました。

「クモは足が八本あるので、ふつうは四人でおどります」

ジュディはそういって、ロッキーとフランクとジェシカをみました。

「ジュディ、まずは見本をみせたらどうだい？」とトッド先生。「そのあとよびかければ、だれか前にでてきて、いっしょにおどってくれるかもしれないよ」

「ファンタスティコ！」ジュディはうなずきました。

ロッキーがレコードをかけました。ジュディはみんなのほうをむいて、両手《りょうて》をぐんとのばしました。フランクはタンバリンをならし、ジェシカは手びょうしをしています。ジュディはしんこきゅうをして、「落《お》ち着《つ》いて」と自分にいいきかせました。

タン、タン、タン、タン、タン、タン、ターン
タン、タン、タン、タン、タン、タン、ターン
ステップ、ホップ、ステップ、ホップ、ステップ、ホップ、スライド
チェンジ、ステップ、ホップ、スキップ、ひざポンポン
リピート、アンド、ターン、アンド、くるくるスピン

「一、二、三、四……」

ジュディは数をかぞえながらおどりました。練習《れんしゅう》したステップをひっしに思いだしました。メロディが変《か》わると、ちゃんとむきも変《か》えました。だんだん速《はや》くなるテンポになんとかついていこうとしました。

ステップホップ、ステップホップ、ステップホップ、スライド
チェンジステップ、ホップスキップ、ひざポンポン
タンタンタンタン、タンタンターン
タンタンタンタン、タンタンターン

なんかへん！　テンポが速《はや》すぎる！

ジュディはどんどんステップのスピードをあげました。頭がくらくらしてきて、髪《かみ》の毛が口に入りました。

「ちょっと……ハッ、ハッ……速《はや》すぎる！　もっと……ハッ、ハッ……おそくして！　ハッ、ハッ、ハッ」

息《いき》をきらしながらいいましたが、だれもきいていないようです。フランクのタンバリンもどんどん速《はや》くなっています。ジュディは、おどる人形かなにかのように、ひたすらまわりつづけました。ステップをいっぱいふみすぎて、八本足のクモになった気分です。

みんなは手をたたいたり、はやしたり、わらったり、指《ゆび》をさしたりしています。トッド先生は教室の電気をパチパチさせています。ジュディはもう、いつまでもくるくるまわるコマのようです。ふらふらでおどる赤と白と緑《みどり》のダンスマシーンです！

そのうちとうとう、つくえにぶつかってしまいました。自分の足につまずいて、ただの赤と白と緑《みどり》のかたまりになって、床《ゆか》にばったりたおれました。

「あれ、速《はや》すぎた？」ロッキーが、すました声できました。

「ガオ！」

ジュディには、ロッキーとフランクがわざとやったのだとわかりました。

そんなことは、赤と白と緑《みどり》ぐらいはっきりしていました。

ピザなかま

タランテラは大しっぱいに終《お》わってしまいました。やはり二本足の人間ひとりでは、八本足のクモのようにはおどれません。これでみんなは、八日間で世界《せかい》を一周《いっしゅう》できないことになります。くたくたになるほどおどったのに、ジュディはみんなにせめられてしまうのです。

ジュディ・モードは、落第《らくだい》モードでした。

なにもかも、ロッキーとフランクのせいです。ダンマリ・ロッキーとノリクイ・フランクが、いじわるをしたからです。

V《ヴィ》組のみんなが教室をでると、トッド先生は、ジュディたち四人と話をしました。そして、チームワークとはなにかをせつめいしました。おたがいにゆずって、チャンスをあたえあってほしかったのです。もう一度《いちど》友だちにもどってほしいと思っていたのです。それよりなにより、先生として、自分が四人にもう一度《いちど》チャンスをあげたかったのです。

「もう一度《いちど》って、わたしもですか？」ジェシカがききました。「わたしはチームの一員《いちいん》として、ちゃんとやったと思いますけど」

「いいかい」トッド先生はいいました。「イタリアには、こういうことわざがある。『卵《たまご》を割《わ》らずにオムレツはつくれない』」

「ほんとですか？」とジュディ。

「ああ、ほんとうだよ。成功《せいこう》にしっぱいはつきものだ。よくあることさ」

「『しっぱいは成功《せいこう》のもと』ってことですね」とジェシカ。

「ロッキー、フランク」とトッド先生。「あしたの午前中に時間をあげるから、

発表《はっぴょう》のつづきをやってみないかい？」

「もうひとつイタリアについて発表《はっぴょう》することをかんがえて、あしたの朝までに用意《ようい》してくるってことですか？」とロッキー。

「そうすれば、八日半になっちゃうけど、世界《せかい》を一周《いっしゅう》できるってことですか？」とフランク。

「もちろん。ネリー・ブライだって、世界一周旅行《せかいいっしゅうりょこう》のとちゅうには、いろいろしっぱいがあったんだからね」

「ひどいあらしにあって、予定《よてい》どおりにアメリカにもどれないところだったんですよね」とジェシカ。

「それに、サルのマギンティがこわがって、知らないおばさんの背中《せなか》にとびこんじゃったんですよね！」とジュディ。「このサルは不吉《ふきつ》だってみんながいって、ネリーに船からすてさせようとしたんです！」

「そのとおり。さあ、どうする？　やってみるかい？」

先生がきくと、ロッキーとフランクはこたえました。

「やってみます」

ロッキーはジュディのほうをむきました。

「なにもかもジュディにやらせたり、ダンスのじゃまをしたりして、ごめん。それにしても、速《はや》かったよね！　あんまり速《はや》くて、足が八本あるようにみえたよ！」

するとフランクもいいました。

「パスタゲームのパスタを食べたり、いつまでもおこったりして、ごめん。ぼくたち、ほんとにひどかったよね」

「ひどかったのは、あたしもだよ。練習《れんしゅう》にいかなかったんだから。モードクラブのことで頭がいっぱいで、前からの友だちのことをわすれちゃってた」

ジュディは手をさしだしました。ロッキーとフランクは、その手に自分たちの手をかさねました。

「わたしのこともわすれないで！」

ジェシカがいって、自分の手をいちばん上にのせました。

ビバ！　ファンタスティコ！　ジュディは、早くエイミーにおしえたくてたまりませんでした。三年T《ティー》組とV《ヴィ》組は、八日間（と半日）でやっぱり世界《せかい》を一周《いっしゅう》できることになったのです！

なにを発表《はっぴょう》するかは、ロッキーとフランクでかんがえなくてはなりません。それも、すぐにです。ジュディとジェシカは、手伝《てつだ》いさえもしなくていいことになりました。トッド先生が、ふたりだけでかんがえなさいといったからです。

ジュディはロッキーとフランクにききました。

「ねえ、なにをするつもり？」

「びっくりすること」とフランク。

「ほんとの大スクープ」とロッキー。

「ピザ・テーブルの斜塔《しゃとう》はもうやめたほうがいいよ。あたしのコレクションの半分はとけちゃったし」

「もっといいことをやるよ」とフランク。

「もっとでかいことをね」とロッキー。

「赤と白と緑《みどり》のこと！」

ロッキーとフランクはそういって、ふたりでケラケラわらいました。

「赤と白と緑《みどり》って、消防車《しょうぼうしゃ》に乗《の》った……バッタ？」ジェシカがいいました。

「お楽しみに」とロッキー。

「お楽しみに」とフランク。

「ガオ！」ジュディはさけびました。


つぎの朝、ロッキーはスクールバスに乗《の》ってきませんでした。ジュディは、カリフォルニアのナサニエル・モードからとどいた手紙と写真《しゃしん》を、ロッキーにみせたくてたまりませんでした。

学校に着《つ》くと、エイミーのクラスに走っていきました。

「ねえ、これみて！」

「ガム通りだわ！」

「もっとよくみて！」

エイミーは写真《しゃしん》をじっくりみました。すると、かみ終《お》わったガムをならべてつくった、JM《ジェイエム》という文字がみえました。

ジュディはいいました。

「JM《ジェイエム》って、ジュディ・モードのイニシャルだよ！　あたし、ガムのかべにのっちゃった！　有名《ゆうめい》なガム通りのかべに！」

「チェック、チェック！」

「ねえ、ロッキーをみなかった？　それか、フランクは？」
自分の教室にいくと、ジュディはジェシカにききました。
「知らないの？　ふたりとも、めちゃめちゃ早く学校にきて、ずっと食堂《しょくどう》にいるわよ。いったいなにを発表《はっぴょう》するのか、楽しみだわ」
ジュディたちのクラスは、ふたりの大スクープの話題《わだい》で持《も》ちきりでした。ロッキーとフランクは、つづりの授業《じゅぎょう》にもあらわれませんでした。

やっともどってくると、ふたりはトッド先生とバレンタイン先生に、五分でみんなを食堂《しょくどう》に連《つ》れてきてくださいといいました。

「いったいなんなの？」

ジュディはききながら、ロッキーとフランクにかけよりました。

「ないしょ！」ふたりはいいました。

T《ティー》組とV《ヴィ》組は、一列《いちれつ》になってろうかを歩いて、階段《かいだん》をおりて、食堂《しょくどう》にいきました。すると、とてもいいにおいがしてきました。みんなは、ひとつのテーブルをかこんですわりました。

ロッキーとフランクが用意《ようい》したものはとても大きくて、ドアを通りそうになかったので、食堂《しょくどう》のおばさんたちが、キッチンの広いまどから通してくれました。

そのあと、おばさん、ロッキー、フランク、べつのおばさんが、ならんでみんなに近づいてきました。四人は両手《りょうて》をあげて、ジュディがみたこともないほど大きなダンボールを運《はこ》んでいます。

「なんだかおいしそう！」とジェシカ。

「いいにおい！」とジュディ。

「なになに？」とみんな。

それを下におろすのに、テーブルが六つくっつけられました。四人はダンボールをテーブルにおろしました。のっていたのは、とても大きくて、ほかほかで、おいしそうな、チーズたっぷりのピザです！

「赤と白と緑《みどり》でできているもの、な～んだ？」

フランクがきくと、ロッキーがこたえました。

「赤いソースと、白いチーズと、緑《みどり》のピーマンがのった、世界一《せかいいち》でっかいピザ！」

「うそだ！」みんなはいいました。

「ほんとさ」とロッキー。「少なくとも、バージニア・デア小学校ではいちばんの大きさだよ。幅《はば》が二メートル近くあって、十四キロの生地《きじ》と、十六キロのチーズをつかってるんだから」

「わあ、あたしより重《おも》いピザだ！」とジュディ。

「ほんとのことをいうと、世界一大《せかいいち》きいピザは、駐車場《ちゅうしゃじょう》ぐらいあるんだって」とフランク。

「けど、これは世界一大《せかいいち》きいピザ・マップだからね！」とロッキー。

「え？」

「どういうこと？」

みんなはピザのまわりに集《あつ》まって、もっとよくみてみました。ピザは地球《ちきゅう》のように丸くて、のっているチーズが七つのおもしろい形になっています。ひとつの形がひとつの大陸《たいりく》をあらわしているのです――マップ、つまり地図のように！　ピーマンは点てんとならんでいて、北アメリカ大陸《たいりく》からアジア大陸《たいりく》のはずれまでつづいています。

「わかった！　世界《せかい》地図だ！」

「地球《ちきゅう》だ！」

「北アメリカもある！」

「イタリアもあるよ！　くつの形をしてるもん」とジュディ。

「みて！」とエイミー。「このピザ・マップのピーマン、ネリー・ブライが通ったところをあらわしてる」

「ほんとだ。どこも、あたしたちが八日半でまわった場所《ばしょ》だね」とジュディ。

エイミーはクリップボードをだして、ジュディにいいました。

「わたしがこの大スクープをいちばんに記事《きじ》にするわ。わたしの新聞にのせるの。『世界一《せかいいち》大きなピザ・マップ、バージニア・デア小学校に登場《とうじょう》』って」

「こう書くのもわすれないで。『三年T《ティー》組とV《ヴィ》組、八日半で世界《せかい》を一周《いっしゅう》！』」

「八日半と、二時間十三分二十七秒《びょう》ね」

エイミーは、ふたつの時計をみていいました。

「チェック！」

ロッキーとフランクが、エイミーのまねをしました。

「ファンタスティコ！」ジュディはよろこびました。

食堂《しょくどう》のおばさんがいいました。

「さあ、めしあがれ！　全員《ぜんいん》でも食べきれないぐらいあるわよ」

「こんなにあったら、毎日お昼に食べてもなくならないね」とロッキー。

「ピザをお昼に毎日？　じゃあ、わたしのいったとおりになったわね」とエイミー。

ビバ！

ジュディとロッキーとフランクとエイミーは、ひと切れずつピザをとりました。それぞれのピザから、チーズがビヨーンとのびました。

「わあ、みんなつながってる！」とジュディ。

「ピザなかまクラブだ！」とフランク。

「二倍《ばい》いいね」とロッキー。

「三倍《ばい》おいしい」とフランク。

「四倍《ばい》チェック！」とエイミー。

四人は大わらいしました。それからすわって、世界一《せかいいち》大きい、チーズたっぷりの、赤と白と緑《みどり》でできた、とびきりおいしいピザを食べました。

ぜったい、ぜったい、ブラボー！

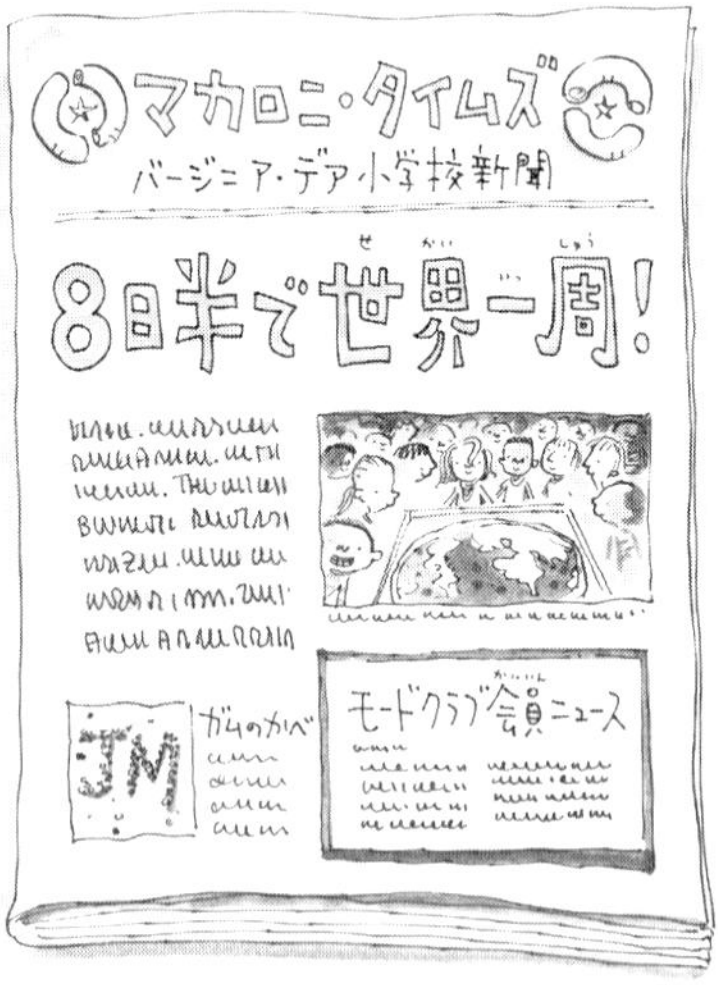
マカロニ・タイムズ
バージニア・デア小学校新聞
8日半で世界《せかい》一周《しゅう》!
ガムのかべ
モードクラブ会員《かいいん》ニュース

訳《やく》者《しゃ》あとがき

前回の六巻《かん》がでてから、なんと五年もたってしまいました。

これまでのお話をわすれてしまった人もいるかもしれませんので、七巻《かん》に関係《かんけい》のあるエピソードを中心に、まずは一巻《かん》から六巻《かん》をちょっとふり返《かえ》ってみたいと思います。

一巻《かん》『ジュディ・モードはごきげんななめ』は、三年生になったジュディが、となりの席《せき》のフランクと友だちになるまでのお話でした。フランクにはスティックのりを食べるといううわさがあったので、ジュディは最初《さいしょ》、フランクのことをきらっていたのです。けれど、ジュディがばんそうこうやピザ・テーブル（ピザが箱《はこ》にくっつかないようにするために、ピザのまんなかにさしておく小さなテーブル形のプラスチック）を集《あつ》めているように、フランクも消《け》しゴムやミニせっけんを集《あつ》めていることがわかり、ふたりは最後《さいご》にはなかよくなります。そして、ジュディのおさななじみのロッキーと、ジュディの弟のスティンクもまじえ、四人でオモディクラブ（カエルのトーディに手の上でおしっこをされた人だけが入れるクラブ）をつくります。

二巻《かん》『ジュディ・モード、有名《ゆうめい》になる！』では、ジュディがなんとか有名《ゆうめい》になろうと、優等生《ゆうとうせい》のジェシカに対抗《たいこう》して英語《えいご》のつづりを勉強《べんきょう》したり、ペットショップ〈ふわり・アンド・ガブリ〉のペット・コンテストにネコのマウスを出場させたりします。コンテストの新聞記事《きじ》には、ざんねんながらジュディの「ひじ」しかのりませんでしたが、そのあとジュディは、思いがけない形で新聞にとりあげられることになりました……。

三巻《かん》『ジュディ・モード、地球《ちきゅう》をすくう！』は、ジュディが環境問題《かんきょうもんだい》にめざめ、クラスのみんなとリサイクル運動《うんどう》などをおこなうお話です。ばんそうこうデザイン・コンテストにもチャレンジし、環境問題《かんきょうもんだい》にちなんだ絵で賞《しょう》をねらいます。

四巻《かん》『ジュディ・モード、未来《みらい》をうらなう！』では、ジュディがモード・リング（はめた人の気分によって色が変《か》わるという指輪《ゆびわ》）を手に入れ、それをつかって未来《みらい》をうらなおうとします。そしてみごと、トッド先生の結婚《けっこん》を予言《よげん》！　うらないの楽しさだけでなく、恋《こい》のときめきもちょっぴり味《あじ》わえる作品《さくひん》です。

五巻《かん》『ジュディ・モード、医者《いしゃ》になる！』では、三年T《ティー》組とM《エム》組が、病院《びょういん》の救急治療室《きゅうきゅうちりょうしつ》に社会科見学にいきます。医者《いしゃ》になることが夢《ゆめ》のジュディは、おおはりきり。クラスにもどってから、女の人ではじめて医者《いしゃ》になったエリザベス・ブラックウェルについて発表《はっぴょう》します。

六巻《かん》『ジュディ・モードの独立宣言《どくりつせんげん》』では、ジュディたち家族《かぞく》がボストン旅行《りょこう》にいき、アメリカがイギリスから独立《どくりつ》したときの歴史《れきし》をたどります。それをきっかけに、ジュディは家族《かぞく》に対《たい》して独立《どくりつ》を宣言《せんげん》。けれど、ほんとうに独立《どくりつ》して自由《じゆう》になるのは、とてもたいへんなことでした……。

そして今回の七巻《かん》『ジュディ・モード、世界《せかい》をまわる!』で、ジュディは自分によくにたエイミーという女の子に出会います。モードという名字《みょうじ》が同じだけでなく、カオガム(かみ終わったガム)を集《あつ》めているところも、へんな口ぐせ(エイミーは「チェック!」、ジュディは「ワオ!」と「ガオ!」)があるところも、あこがれの女性《じょせい》がいるところもそっくり。ジュディは、とたんに自分がありふれた人間になった気がして、がっかりしてしまいます。

でも、べつの見方をすれば、それは趣味《しゅみ》の合う人がいるということ。フランクのときと同じように、ジュディはエイミーともだんだんなかよくなっていきます。ところが、前からの友だちをうっかりないがしろにしてしまったからたいへん。ロッキーとフランクがかんかんにおこり、「八日間で世界《せかい》を一周《いっしゅう》する」というせっかくの楽しい授業《じゅぎょう》もだいないしになってしまいます。新しい友だちにはしゃいでしまうのはわかりますが、やはりジュディのお父さんのいうとおり、それまでの友だちともちゃんとなかよくしたいものですね。

ところで、エイミーがおとずれた「ガム通り」がほんとうにカリフォルニア州《しゅう》にあるのはごぞんじですか？　インターネットで「Bubblegum Alley《バブルガムアリー》」と検索《けんさく》するとでてきますので、みられる人はぜひ写真《しゃしん》をのぞいてみてください。かべじゅうにはられたガム、ほんとにすごいですよ。

それから、『八十日間世界一周《せかいいっしゅう》』という本もじっさいにあって、ジュール・ヴェルヌという作家が書いています。これをもとにした映画《えいが》もいくつかあります。ジュディたちが授業《じゅぎょう》でみたのはジャッキー・チェン主演《しゅえん》のもので、日本では『80《エイティ》デイズ』という題名《だいめい》になっています。原作とは少し内容《ないよう》がちがいますが、そちらもおもしろいので、DVD《ディーヴイディー》がみられるかたはぜひどうぞ。

二〇一二年一月

宮坂宏美《みやさかひろみ》

メーガン・マクドナルド

Megan McDonald

アメリカ生まれ。大学で児童文学を学んだ後、書店、図書館、学校などに勤務。現在は児童文学作家として活躍。これまでに絵本や読み物などを多数出版している。カリフォルニア州在住。本シリーズ1作目『ジュディ・モードはごきげんななめ』が産経児童出版文化賞推薦に。

ピーター・レイノルズ

Peter Reynolds

1961年カナダ生まれ。小さい頃から物語やマンガをかいて育つ。学校向けのコンピュータソフトなどを販売する会社で副社長を務めた後、独立してアニメーションの会社をおこし、子ども向けのテレビ番組や教育ビデオを制作。絵本に『てん』(あすなろ書房) などがある。マサチューセッツ州在住。

宮坂宏美

みやさかひろみ

1966年生まれ。弘前大学人文学部卒業。会社勤務の後、翻訳をはじめる。主な翻訳書に、『ノエル先生としあわせのクーポン』(講談社)、『きょうもトンデモ小学校』『ランプの精リトル・ジーニー』シリーズ (ポプラ社)、『ニューヨーク145番通り』(共訳)『サラの旅路』(共に小峰書店) などがある。

装幀・描き文字/木下容美子

ジュディ・モードとなかまたち★7

ジュディ・モード、世界をまわる!

2012年4月17日　第1刷発行
2019年4月15日　第3刷発行

作者　メーガン・マクドナルド
画家　ピーター・レイノルズ
訳者　宮坂宏美
発行者　小峰広一郎
発行所　株式会社小峰書店　〒162-0066　東京都新宿区市谷台町4-15
電話　03-3357-3521　FAX　03-3357-1027
組版・印刷　株式会社三秀舎　製本　小髙製本工業株式会社

Printed in Japan
 ISBN978-4-338-20307-4
NDC933 159p 19cm